Alice
vous fait dire
bonsoir

Illustration de la couverture: Claire Langlois
Composition et montage: Édipro ltée

ISBN 2-7609-3108-0

© Copyright Ottawa 1986 par Les Éditions Leméac Inc.
Dépôt légal — Bibliothèque nationale du Québec
2e trimestre 1986

Imprimé au Canada

Claude Jasmin

Alice vous fait dire bonsoir

LEMÉAC

I

Chère madame Marlène, tel qu'exigé par vous, voici mon premier rapport. Ma première journée... disons de guet. Je suppose que vous vous attendez pas à de gros résultats... Ça viendra j'espère. Je me le souhaite. Surtout par conscience professionnelle. Je vous avoue candidement que c'est le premier contrat vraiment payant obtenu depuis que j'ai quitté la police officielle. En effet, du cottage 326 pas grand chose à signaler. Mais puisque vous avez spécifié : «tout dire, noter tout», je fonce. D'abord vous dire que ce cottage où vous m'avez installé me plaît beaucoup. (En passant si vous songez à le revendre, je suis preneur.) Le quartier est d'un calme assez parfait pour le pré-retraité que je suis. Cette rue Querbes en ce début d'avril... magnifique! Hélas, j'imagine que je ne verrai pas les allées de vieux arbres se remplir de feuilles naissantes. Bon. Oui, parlons business. Surveiller les voisins, épier les faits et gestes surtout des voisins du 328. Je ne fais que ça depuis mon arrivée hier matin. À ma droite, au 324, un couple, des retraités sans doute. Un monsieur Béranger. Très gentil. Qui aime bien la jasette sans doute, ce qui va faciliter ma tâche. Il m'a raconté hier après-midi, pendant que je ramassais de vieux papiers dans le parterre et l'entrée du garage, qu'il habite la rue depuis plus de vingt ans. Que le voisinage change. Qu'il constate l'arrivée d'une autre génération dans cette partie d'Outremont, de jeunes ménages... un, deux enfants. Aussi "pas mal de frisettes"... J'ai saisi qu'il parlait de ces bonshommes déambulant tout autour avec des habits noirs, des chapeaux noirs, des ceintures de coton blanc brodé et... des frisettes. Je tâcherai d'en accoster un pour savoir s'ils sont Sépharades, Ashkénases, Hassidims ou... ou quoi? Je connais rien en ce domaine... israélite. Le voisin ne me semble pas raciste... un petit agacement peut-être. À peine. Le regret, je suppose, de voir son quartier envahi par autre chose que ses bons Canadiens français catholiques!

Au nord, le cottage contigu au mien, «au vôtre», le 328, ben, difficile de vous renseigner. J'ai cru y voir deux couples. Il y a un enfant, une fillette, sa maman lui fait des guidiguidi sur le balcon d'en arrière, elle doit avoir environ deux ans. La mère est une jolie jeune femme blonde qui a un accent bizarre. Je dénicherai l'origine, vous pouvez me faire confiance; j'hésite pour le moment entre grec, polonais ou allemand. Oui, allemand, comme votre accent à vous? Êtes-vous Allemande? Ou Polonaise, ou Grecque d'origine? Je n'ai rien su à votre sujet. Je n'ai que votre nom et cette adresse de boîte postale, à Ottawa. Imaginez-vous qu'hier soir, seul dans mon cottage — votre cottage — je me suis imaginé des choses. Je sais bien que vous me répondrez pas là-dessus car j'ai vite compris que vous souhaitiez ne rien me dire de trop. Eh bien, j'ai imaginé que vous étiez une espionne d'abord. Oui, oui, une espionne payée peut-être par une puissance étrangère, que vous m'aviez engagé pour que je fasse une partie de votre travail, que je ne serais qu'un frêle maillon d'un vaste complot. J'ai bien ri. De moi. Ensuite, vu cette adresse postale dans la capitale fédérale, j'ai imaginé que vous étiez à l'emploi du ministère des Affaires extérieures. Que vous aviez besoin de renseignements sur ces voisins de gauche (puisque vous m'avez spécifié de guetter surtout cette maison) afin que je vous aide à contrecarrer une action bien noire, un attentat... ou Dieu sait quoi! Si vous avez envie de m'éclairer davantage — puisque vous avez promis de commenter parfois mes notes — ne vous gênez surtout pas. Je suis inspecteur, de métier. Bon, un détective. Alors comprenez qu'il m'est bien difficile de travailler ainsi dans le mystère complet.

Juste derrière notre cottage, c'est les gros travaux. On a démoli des galeries vitrées qui dataient de... Mathusalem, ma foi! Des ouvriers s'affairent en dedans, en dehors, dans la cave. Ouvrage sans doute de rénovation comme j'en vois faire dans mes alentours. Je crois qu'on peut obtenir des subventions pour ces travaux de rajeunissement. Je suis retourné chez moi, rue St-Hubert. Vous pouvez dire que vous m'avez installé à Outremont avec le minimum vital. Non seulement je manque — pour ma popote — de chaudrons, vaisselle, etc., mais j'ai cru bon d'apporter de chez moi des chaises de soleil. Ainsi remerciez-moi, je pourrai mieux écornifler, étant dehors sur le balcon de la rue Querbes, ou sur celui d'en arrière. Et comme j'ai mis deux chaises sur chaque terrasse, je pourrai inviter celle, ou celui qui a de la margoulette à venir siroter un pernod à mes côtés. Je vous répéterai tout, madame.

Je vous avertis tout de suite: ces voisins de gauche sont pas ce qu'il y a de plus jasant. La blonde à la fillette, oui, des sourires, des petits «bonjour» mais son mari, ce que je crois être le père de la fillette, eh ben, froid comme un miroir! L'autre couple? Des ombres, ils ne me voient pas malgré les airs affables que j'affiche. Le retraité de droite, le moustachu M. Béranger, m'a questionné. Je lui ai dit une demi-vérité: que ma femme Rolande — c'est la vérité — est partie tourner son premier long-métrage aux lointaines Îles-de-la-Madeleine, que je dois préparer cette maison pour son retour, faire du ménage, etc. Il m'a dit vous avoir vu! Je suppose que c'était quand vous avez acheté le cottage il y a deux semaines. Il vous a décrit: «J'ai vu votre petite dame, cheveux blonds cendrés, fière allure, les yeux d'un bleu...» J'ai rien dit. Satisfaite? Pourtant il me semble que vous êtes bien jeune pour vous être acoquinée avec un vieux schnock comme moi. (Vous m'avez pas interdit de faire de l'humour). Donc, je regarde. Je guette. Tout. J'en suis venu à me dire que vous êtes peut-être une femme capricieuse, ou bien que vous avez un mari malade, ou quoi encore?, et que vous avez pris les moyens, en m'engageant, de vous assurer que le quartier, la rue, les voisins seront de tout repos. Non? Je dois me tromper. Les généreux honoraires que vous me versez signifient très certainement qu'il s'agit d'une affaire grave. Vous voyez que ça m'agace... ce peu que je sais.

Bon. Je continue. Vous m'avez dit que ce guet allait durer une semaine au moins, peut-être davantage. Je vous ai dit que ça m'arrangeait, étant veuf par accident cinématographique et que j'avais tout un mois à vous consacrer. En fait si vous m'en disiez un peu plus long, je vous serais plus utile. J'ai donc grande hâte de recevoir vos premiers commentaires...

Je vous signale, en vrac, mes observations: ce matin, avant de vous rédiger ces premières notes, je sors un vieux boyau d'arrosage du fond de ma cave — votre cave — et je lave cette jolie terrasse de planches de la cour-arrière. Le soleil brille. La gamine s'amuse sur sa grande galerie avec des balles et des chaudières de nylon. Son mari, appelons-le le balafré vu qu'il a une cicatrice en travers d'une joue, est venu lui parler une bonne minute. J'entendais pas bien mais il me semble que c'est ou du Polonais ou une de ces langues des pays de l'Est. J'y connais rien, pas plus qu'au domaine «des frisettes» de M. Béranger. Sa femme, nommons-la Blondinette, elle l'est tant, lui a répondu en français, avec un étrange mélange d'accent québécois rural et... d'autre chose. Vraiment curieux à entendre. Elle a dit: «Tu t'énerves toujours pour rien. Reste tranquille et fais comme nous. Attends. Ils vont nous avertir.» Qu'en pensez-vous? Est-ce la fin de mon boulot de fainéant? Ces phrases vous éclairent-elles sur tout? Si vous saviez comme j'ai eu plus difficile à dénouer, à déjouer, au cours de mes trente ans de service à la Sûreté du Québec! Tout en arrosant copieusement la terrasse et la pelouse et le grand lilas... et quoi encore?, j'ai pu observer un manège peut-être moins suspect que je me l'imagine. L'autre couple, l'homme — Rondouillard disons, il est bien gras — et la femme —

Olive, elle est maigre comme Olive dans la bande Popeye — entraient et sortaient du garage dans leur cour.

Rien dans les mains, rien dans les poches, le couple semblait s'activer à guetter quelque chose. Au bout de quelques visites, Rondouille et Olive semblaient nerveux, excités. J'ai vu l'homme entrer dans la maison, en sortir avec des stores de toile beige et les installer dans la petite fenêtre du garage et derrière les vitres des deux portes. Louche hein? Humm! Croyez-bien que je vais me démener dans les jours qui viennent pour trouver une excuse et aller fureter par là. Cachent-ils des objets volés? Préparent-ils un bouillon de culture bien nocif, bien méchant, bien assassin? Vous voyez, à cause de vous, je suis bien obligé de prêter les plus noirs desseins à des voisins qui font peut-être des confitures! Le coup des stores, les coups de marteau, ça m'a un peu gêné et j'ai cessé mon arrosage si généreux. Je suis allé ranger le boyau dans mon — votre — garage.

Et puis quoi encore? Ah, mais oui! Blondinette m'a parlé: «Il y a un gros ballon bleu sous votre balcon, c'est à ma petite!» Je suis allé chercher l'objet. La petite m'a regardé, a pris le ballon. Pas un sourire malgré mes grimaces pour la faire rire. Cet enfant a un visage secret et si triste! Je suppose que ça ne veut rien dire, il y a des enfants aux visages tristes et qui sont bienheureux. Vous n'enquêtez pas, via moi, sur les enfants battus, n'est-ce pas? Bien sûr que non. Que j'ai hâte de vous lire au prochain courrier, madame d'Ottawa.

Balafré est venu ensuite porter un camion de pompier pour la gamine. Pas un salut, pas un sourire! Visage de plâtre! Bon, tant pis. La nuit dernière je me suis endormi très tard. Le nouveau logis peut-être? J'écoutais de toutes mes oreilles. Malgré l'enfant — qui doit bien se lever tôt, j'ai connu ça — les quatre veillaient, ça jasait. Évidemment un murmure seulement me parvenait du mur de nos cuisines mitoyennes. Bonne chose cette mode de mettre les briques à nu, les murs sont moins discrets. Il y a eu quelques cris. Et des coups sourds. Cela semblait comme des coups de pied, ou des coups de poing... dans le mur. Ou sur une table. Comment savoir? Et savez-vous à quoi j'ai songé? Vous semblez plutôt riche (mes honoraires...) vous pourriez me fournir de ces instruments sophistiqués, comme j'en ai vu parfois lors de certaines enquêtes, de ces gadgets à espionner à travers les murs, vous savez bien. Je pourrais vous rapporter le détail des conversations, non? Ah, mon Dieu, je me vois déjà équipé en expert du contre-espionnage, semblable à l'acteur Gene Hackman dans *The conversation*, muni de bidules électroniques, enregistrant les caucus de la cuisine, ou du salon, voire des chambres du quatuor d'à côté. Un rêve!

Bref, chère Marlène — est-ce bien votre vrai prénom? — travaillez-vous pour la police, comme votre serviteur jadis, ou pour le gouvernement fédéral? Pour la Gendarmerie royale... ou pour vous-même? Si vous émargez au budget — fabuleux, je suppose — des Affaires étrangères, des Affaires extérieures, ma demande d'appareils d'écoute ne devrait présenter aucune difficulté. Et si vous obteniez de faire «taper» leur ligne téléphonique, hein? C'est peut-être déjà un fait, me dis-je en cet instant, que moi, je serve à la surveillance extérieure et routinière... Encore une fois, je m'imagine n'être qu'un des rouages dans un mystérieux réseau de démantèlement d'agents doubles-triples, ou de terroristes, d'agitateurs, de dangereux subversifs... Rêvons! Pauvre Charles, que je me dis, cette jolie dame d'Ottawa veut peut-être tout simplement savoir si un ex-mari dit vrai quand il refuse dorénavant de lui verser une pension alimentaire. Non? Je m'excuse. Comprenez mon désarroi. D'habitude, en cours d'enquête, j'en sais long; ainsi, le mois dernier, un petit homme, chauve et bedonnant s'amène, il veut une discrète filature pour son fils unique qu'il soupçonne être lié à une scabreuse bande de jeunes trafiquants de cocaïne. Je savais! C'était facile, clair, lumineux. Mais avec vous j'ai le sentiment humiliant de n'être qu'un informateur stipendié qu'on charge bêtement de rapporter faits et gestes de voisins que l'on soupçonne... mais de quoi justement? De quoi? Ah, puis tant pis! Le pire dans tout ça c'est de prévoir qu'un jour, dans six jours ou dix, vous allez m'écrire: «Merci bien, c'est terminé. Voici votre dernier chèque.» Et moi, je rentrerai dans ma rue St-Hubert sans rien trop savoir à quoi menait cette surveillance.

Bof! Après tout, je me calme, je n'ai plus ma femme — son satané film — je suis libre, je suis grassement rémunéré. Alors? Silence! Il y a que c'est idiot — on se refait pas à mon âge — je n'ai jamais aimé être surpayé. Riez si vous voulez. Pas l'habitude à la SQ! Aussi il y a dans ce fameux maudit "for intérieur" un sentiment qui dort. Mal. Je dois fournir beaucoup quand je reçois beaucoup. Est-ce assez bête? Tenez, j'espère que très bientôt je pourrai aller rôder dans les soupirails de la cave d'à côté et que j'y découvrirai un laboratoire, un alambic, des caisses de plastic bien explosif, ou quoi encore? Et que je pourrai vous écrire: «Bingo! C'est affreux! Faut vite les interner! Terminé.»

Je rêve. S'il s'agit d'une affaire grave, pas fous, mes voisins ont déjà posé des stores opaques aux soupiraux. Dites-moi au moins, par retour du courrier, si je risque ma vie. D'exploser.

Beau lundi donc hier. Soleil toute la journée. Le midi, suis allé m'acheter au Dépanneur Hutchison des tas de fruits avec pain, lait, crème, oeufs, pour les petits déjeuners. Et un paquet de mes cigarillos surtout. Je veux manger "chez moi" — chez vous! — le plus souvent possible. Admirez mon zèle, chère madame M. Quoi? ce serait trop bête, imaginez, je bouffe rue Laurier ou rue Bernard, tranquillement je cuve mon carafon de rouge et pendant ce temps-là, ici, chez les voisins, s'amènerait une limousine à petits drapeaux, pleine de délégués consulaires... Et moi? Rien vu! Monsieur l'inspecteur dînait, profitait de son heure de lunch, confortable. Ah non! J'ai décidé d'en profiter de mon séjour à Outremont pour manger moins. Pour maigrir un peu. Rolande en sera surprise... si ça dure un peu longtemps. Comprenez qu'en six jours j'arriverai pas à la cure miraculeuse! Je vous dis ça... Me direz-vous un peu de quoi il retourne? Si, demain par exemple, je vois un de ces mafieux connus de nous tous à la police, est-ce que ce sera: «Merci et au revoir cher M. Asselin. Mission accomplie!» Je rentrerais chez moi gros «bedon» comme avant!

Un remords soudain! Je blague, il se pourrait que cette mission, si facile en apparence, soit des plus vitales pour la sécurité nationale! Que je pourrais lire, à la fin de mon enquête, en manchettes dans tous nos quotidiens: «IMMENSE RÉSEAU D'ESPIONNAGE DÉMANTELÉ». Ou quoi encore? «LA TÊTE D'UN TRAFIC MULTINATIONAL TOMBE!» Rêvons. Je bomberais le torse devant ma femme, écoutant les nouvelles télévisées qui clameraient: «TRAITE DES BLANCHES EN PLEIN OUTREMONT.» Vite, faites-moi confiance, écrivez-moi quelques mots, indiquez-moi subtilement, j'ai l'habitude, de quoi il retourne. Je suis un vieux pro et je sais être d'une confidentialité à toute épreuve. Vous n'avez pas engagé n'importe qui, madame. J'ai mes titres... D'ailleurs, je perds mon temps; on a sûrement recommandé chaudement le bonhomme Asselin à madame, n'est-ce pas?

Bref, je veille. Je guette. Je fais le gentil et aimable voisin qui vient s'installer en rentier... Je vous en dis plus long dès mercredi matin. Demain. Bien à vous, Charles A.

P.S. Sans me révéler l'essentiel des motifs de cette filature, indiquez au moins dans vos commentaires si je devrais prendre une police d'assurances supplémentaire sur ma vie. Ou bien vous aviez tout bonnement envie de subventionner un peintre du dimanche, ce que je suis, madame, en plus d'être une sentinelle désorientée et inquiète dans une rue tranquille d'un quartier tranquille d'Outremont.

Ch. A.

II

Chère Mme Marlène, je relis pour la quatrième fois votre courte missive, vraiment, c'est bref. Je lis surtout : *Prière d'éviter l'humour. Pas le temps.* Je m'excuse! Une tendance. Je tâcherai d'y résister plus solidement. Je lis : *Tous les détails. Vraiment. C'est moi qui fais l'addition. On ne sait jamais. Le moindre détail.* Promis, vous les aurez «les détails en détail et détaillés.» Je vois que vous refusez de me donner la moindre piste sur "votre" affaire. Bon. Je m'incline. Mon expérience fait que, je le sens, il s'agit d'une histoire forcément reliée au gouvernement. Oui, il y a longtemps que je sais qu'en matière délicate — "touchy" diriez-vous dans la Capitale — on utilise des mercenaires-en-information. Qu'il faut se garder de les mettre au parfum. Moins ils en savent, mieux c'est... Au cas où. Oui, je sais aussi cela, au cas où cette "affaire" serait du vent. Une fausse piste. L'action d'un délateur écervelé. Pas vrai? Bon, très bien. Gardons nos distances. Je sais aussi qu'il se peut, au contraire, qu'une vaste enquête soit amorcée depuis un certain temps, que moi, là-dedans, je suis sur un seul des points névralgiques. Qu'il y a peut-être un autre Asselin à Vancouver ou à Miami, à Toronto ou à San Francisco... Ou bien, dans un quartier voisin. L'expérience m'a enseigné aussi qu'il y a peut-être en effet une douzaine d'Asselin ici

15

et là qui vous font des rapports. À vous? À combien d'autres? C'est fini. Bon. Je ne dirai plus rien. Après tout ce boulot est fort agréable.

J'ai du nouveau. Blondinette et Balafré sont partis ce matin! Et oui! Partis, avec deux malles bien lourdes. Une camionnette grise, est venue — ci-joint description et numéros de la plaque — Olive et son Rondouillard assistaient à ce départ. Bizarre: la fillette est restée, n'ayant pas l'air contente. Ça, je peux m'être trompé, la gamine est peut-être l'enfant d'Olive et non de Blondinette! Je sais plus. J'observe. J'oubliais, ce matin il pleut mais toute la journée d'hier a été ensoleillée mais fraîche! En avril ne te découvre pas d'un fil, qu'on dit. Les deux couples ont donc organisé, hier, une sorte de pique-nique dans la cour, près du mur du garage. Drôle de pistolets! Les deux hommes parlaient alternativement anglais et français. Et cette langue inconnue de moi. Ils voguent d'une langue à l'autre avec, semble-t-il, assez de facilité. Les deux femmes, un peu à l'écart, semblaient causer de tout autre chose. Soudain, le mari de Blondinette, Balafré, s'est levé pour se rendre dans sa vieille Buick jaune. Crissements de pneus! Il y avait urgence? Il est revenu au bout de vingt minutes. Rondouillard, aussitôt, est allé à la rencontre de Balafré dans l'allée de leur garage. Les deux compères sont allés remiser une énorme malle cloutée dans le garage.

J'ai entendu rire. Était-ce le gros ou le maigre? Sais pas. J'ai noté que les deux femmes se taisaient et semblaient soucieuses quand les maris ont porté ce lourd colis dans le garage. La gamine — elle s'appelle Alice — est devenue nerveuse à un moment donné. Balafré, pour l'empêcher de chialer, lui a administré quelques tapes vigoureuses au fessier. Puis la maman l'a fait rentrer. Blondinette est-elle la mère? Sans doute. Puis j'ai vu l'autre, l'Olive toute frisée — petit mouton noir maigrelet — qui est entrée dans le garage. Curieux: elle en ressortait tenant Balafré par le cou! Lui murmurant une chanson, un air et des paroles inconnus, dans cette langue inconnue. Au fait, peut-être pourriez-vous me dire leur nationalité? Vous en savez peut-être un peu plus long que moi! Ainsi je me procurerais vite un lexique pratique... Je pourrais peut-être vous révéler des mots-clés, non?

Quoi encore? Après le départ du couple dans la camionnette grise, l'autre, Rondouille, a pris la Buick jaune! À qui appartient donc le tacot? À toute la bande? Je saurai. Je vois l'Olive noire sortir du 328, avec une sorte de poussette et la petite Alice dedans. Ils partent pour une promenade? C'est ma chance. Je joue le retraité qui s'ennuie, mains au dos, sifflotant, je rôde autour de leur maison. J'ose marcher dans leur allée! Je me penche pour voir dans un des soupiraux de la cave. Pas de store, qu'une sorte de tenture de dentelle usée. Je me méfie, un piéton pourrait passer. Alors je tente d'aller dans la cour arrière du quatuor. Mais là encore je dois craindre un quidam des maisons de la rue voisine (de l'Épée). J'ai vu des rideaux qui s'entrouvrent ici et là depuis mon arrivée, une femme qui secoue une vadrouille, etc. Imprudemment, je vais sous leur galerie: soupirail. Rien! Le sombre! Et puis crac! Une tête surgit derrière la vitre. Cheveux gris, bouclés, teint sombre, sosie du chanteur Moustaki, vous voyez? Je souris. Bêtement. Il a les yeux sortis de la tête. On se regarde, chiens de faïence, un bon moment. Je fais l'innocent, chère madame, et je marche vers le trottoir. Évidemment je m'attends à voir surgir un Moustaki qui m'engueule, au moins, me questionne... Rien! Vous dire mon étonnement. Je me dis que je dois au plus tôt trouver une excuse, une explication à fournir à cette Olive qui va revenir avec la bambine. J'attends, je fouine, en avant, en arrière. Et quand enfin se ramènent poussette et pousseuse, je marche carrément vers elle.

Chère M., je prends mon air d'ange vieilli, de franciscain, et je lui dis: «Avez-vous la fournaise électrique, vous?» Elle grimace. Hausse les épaules. Je poursuis pendant que la fillette tire mon pantalon: «Je viens d'arriver ici, vous le savez et je ne comprends pas bien ces sytèmes de chauffage modernes.» Je me disais, maintenant si ton «pâtre

17

grec» de la cave pique sa crise, tu sauras quoi lui répondre. Je dis aussi: «J'ai tenté de voir votre fournaise par un soupirail mais c'est trop sombre.» Là-dessus mon plus beau sourire. Elle finit par l'ouvrir: «Bien. Je sais pas trop, moi, les fournaises hein! Gustave va revenir bientôt.» Je songe à Rondouillard et, bien franc, je lui glisse: «J'ai cru apercevoir quelqu'un dans votre cave.» Réponse déconcertante: «Oui, il y a le plombier, pour l'eau chaude, venez.» D'une part, envolée mon idée d'un louche individu qu'on dissimule dans la cave maudite; d'autre part, leur cave est soudain ouverte pour visite aux voisins. Je la suis docilement.

Hélas, chère M., il faut oublier la cave. C'est une cave, tout ce qu'il y a cave. Une partie comme chez moi — chez vous — est aménagée proprement, genre salle de jeux, l'autre partie, c'est plancher-ciment, rayonnages remplis de traîneries, la fournaise, électrique comme la mienne, et un recoin-buanderette comme... chez nous! Le beau vieux métèque est un Grec. Il me l'a dit. M'a expliqué «notre» fournaise. S'est même offert pour voir la mienne. J'ai dit «oui». Mais oh surprise!, voilà-t-y pas qu'Olive nous suit, la bambine dans les bras. Je pense aussitôt: belle occasion de rapprochement et de bon voisinage et je me mets en frais, lui faisant visiter mon «home» — excusez-moi — lui parlant de ma femme en train de tourner son film, *La sablière*, dans les Îles. De moi aussi, ancien fonctionnaire (je n'ai pas dit pour la police!), pré-retraité et m'adonnant à l'aquarelle comme un doux-jeune-vieillard inoffensif! Cette Olive — elle m'a pas dit son nom — m'a semblé un peu raide, avec des manières ultra-discrètes. Quand j'ai dit: «c'est votre enfant, la petite Alice?», elle a souri longuement. A fait «non». Point final.

Chère M., j'étais pas au bout de mes surprises! Voici que la Buick jaune se ramène avec dedans non plus Rondouille mais l'autre. Mon Balafré parti pourtant avec des malles en camionnette! Gustave, c'est donc Balafré. Imaginez un peu mon état d'esprit. J'ai remercié le plombier, salué le couple Olive-Gustave et suis rentré en sifflotant tout candidement. L'image du voisin fainéant dont la laborieuse épouse s'échine dans le cinéma, au milieu de l'Atlantique. C'est bien, non?

Une promesse: je saurai mieux qui est qui. J'ai décidé de jouer l'effronté à la première occasion. Vous ne serez pas déçue, patronne! Reste évidemment que je ne peux deviner le sujet exact de ma filature de type... sédentaire. Ne pas insister? J'espère seulement pouvoir rapidement fournir toutes les informations utiles. Au souper, je me débrouille avec pâtes-et-pâtes, j'entends qui m'appelle mon retraité du 324, M. Béranger! Il m'a demandé si je pouvais l'aider à jouer de son sécateur dans ce qui semble être des chèvrefeuilles qu'il a laissé pousser librement. Je me suis offert volontiers et j'ai grimpé dans son échelle de bois. Clap, clap! ça n'a pas été trop long. Des branches s'étaient allongées au devant de mon — notre — garage et il a dit: «Ça me gêne! C'est chez vous.» J'ai voulu lui expliquer mon adoration des arbres, des plantes mais rien à faire: «Coupez, coupez! Ça pourrait finir par grimper au-dessus du toit de votre garage et ça fait pourrir les couvertures, ça, les feuilles mortes.» Clap, clap, clap! Il était satisfait, tenait l'échelle répétant: «Gênez-vous pas! Coupez tout ce qui dépasse au-dessus de la clôture.»

Redescendu, j'en ai profité pour me faire payer mes efforts en lui quémandant des informations. Les voisins du 328? Il les connaît pas. «Du drôle de monde! Des immigrants. Probable. Ils vivent à plusieurs familles comme tant d'autres.» Le nom? Il savait pas non plus. «Savez, j'suis un genre à me mêler de mes affaires. Vous le constaterez. Là, il y avait ces hautes branches...» Par contre il s'est mis à jaser sur la propriétaire de ce cottage, le 326, que vous avez acheté. Une digne dame, une veuve, madame Paulin. Une rentière qui n'avait plus bonne santé, vous l'aviez su?, qui vit maintenant dans un hospice confortable pour vieillards. Sans importance? Je sais plus. Il m'a dit que cette veuve Paulin avait un mari militaire de carrière et qu'il s'était distingué un temps, en France, comme agent secret. Aidant, sous un faux nom, les parachutés alliés si utiles aux

Résistants! Comprenez que j'ai pensé aussitôt à un lien entre ma mission secrète et ce colonel Paulin. Rien à voir direz-vous? Bon. Ça se peut. Déformation professionnelle. Que voulez-vous? Il y a une chose: ces habitants du cottage surveillé, le 328, me semblent très modestes, ils portent du linge fort bon marché. Alors, il n'y a donc pas chez ces gens-là un trafic payant, c'est bien clair. Vous cherchez autre chose? Quoi? Ça me tracasse. Par contre me voilà aussi curieux que vous. Je guette, au-delà de vos espérances, croyez-moi. Ça va vous arranger, je suis piqué au vif. Ma curiosité est déjà immense. Je veux savoir ce que vous, vous me cachez, c'est simple. Alors bravo si c'était une astuce de votre part. Je vais travailler ferme. Hier soir, il a fait un temps superbe, on se serait cru en plein juin! Je suis allé marcher tout autour, rue Elmwood, rue de l'Épée, rue Durocher. Il y a une bâtisse, rue St-Viateur, aux fenêtres bouchées par des panneaux. Peinture sombre. Y entrent et en sortent sans cesse de ces «frisettes» de M. Béranger. Est-ce une synagogue? Un temple? Un lieu d'assemblée secrète rituelle? Comment savoir? Il m'a pris une envie d'entrer, de jouer l'égaré puis de questionner un peu, en simple voisin voulant s'instruire des us et coutumes d'une secte quelconque. Plus tard!

Des enfants jouaient dans une ruelle voisine. Trois garçonnets, avec des calottes noires sur le crâne et... les frisettes. Ils avaient des tricycles bas à grande roue avant, cela les rendaient un peu monstrueux, à cause des fessiers au ras du pavé, des petites jambes en l'air qui pédalaient à toute vitesse, ces guidons très écartelés, etc. Il n'en reste pas moins que c'était l'image banale, rassurante de gamins qui s'amusent comme tous les gamins du monde. Il n'y avait que ces cheveux tirbouchonnés et ces calottes noires sur la tête pour les différencier du commun des enfants. Mon Dieu... je vois bien que je sors du «rapport» efficace et bref. Excusez. De retour au 326, je m'installe dans une des chaises du balcon. Qui, soudainement, sort de chez lui, en face? Traverse la rue tout souriant? Un autre inspecteur de police. Un certain Ringuet. Pas vu l'homme depuis longtemps, nous avions travaillé ensemble à la Sûreté. On s'installe, je vais chercher du brandy et on cause un peu. Je me dis que tout retraité qu'il soit — le métier — il va m'en apprendre sur ces voisins. Jean Ringuet est tout heureux de me savoir pas loin, il a fallu que je lui dise un demi-mensonge. On se méfie des ex-inspecteurs, savez-vous. Il a avalé ma salade: «Ma femme en tournage de film, moi, ici, pour peu de temps, un ami tombé malade qui ne peut faire le ménage du cottage où sa famille va emménager sous peu!» Pas mal non?

Mes questions fusèrent au deuxième brandy: «Qui sont mes voisins de gauche?» Sa réponse: «Ils sont là depuis à peine un an.» Le genre? «Du monde grouillant. On y voit arriver des livreurs de tout acabit qui apportent et rapportent des caisses.» Avait-il une idée là-dessus?: «Oui, ils pourraient être des commerçants, «au noir». Je lui dis «au noir»? Il explique: «Entre immigrants, il y a une solidarité. Une chaîne. Certains fabriquent. D'autres font la distribution. Tout ça au nez du fisc. Au «noir». Clair d'impôts, quoi!»

Chère madame j'ai tout de suite songé que vous étiez peut-être dans l'industrie. Que vous vous sentiez imitée, plagiée, copiée dans votre usine. Que ces voisins seraient des «pirates». Est-ce que je brûle? Oui? Non? Tant pis. Le retraité Ringuet travaille encore. Il était fou des animaux domestiques, s'instruisant beaucoup sur le sujet, il en était devenu un vétérinaire du dimanche! Alors mon Jean Ringuet dépanne un cousin Jos Fredette qui, lui, a une série de cliniques. Il fait les basses besognes mais il adore chiens, chats, perruches, poissons tropicaux... Et quoi encore? Il m'a parlé d'un singe attachant, d'un serpent affectueux, et même — j'ai frissonné — d'une tarentule adorable, sorte d'araignée gigantesque, velue, qu'il tripote comme on ferait avec une de ces tortues minuscules à cinquante sous, ou un hamster.

Pendant que l'on bavardait bébites, le balafré Gustave est sorti lui aussi sur son perron. Il semblait humer l'air du soir. Je n'ai pas hésité et l'ai carrément invité à venir trinquer avec nous. Il m'a regardé longuement comme si je lui avais fait une proposition malhonnête, est rentré pour en ressortir avec une carafe au liquide brunâtre. Mince sourire, il traverse, et nous offre illico de goûter à sa liqueur exotique. Pas mauvais goût! Relent de réglisse, comme pour mon cher pastis, arrière-goût de cerise. Un effet boeuf, la tête me tournait. Ringuet, lui aussi, s'est exclamé: «Pour du fort c'est du fort, monsieur? Monsieur?» L'autre a pas répondu.

Pour rompre le silence car il est pas causant du tout, je dis: «Vous êtes dans le commerce ou quoi?» Réponse du Balafré: «J'étais ingénieur avant. Pour pratiquer ici, il faudrait que je retourne aux études. Je n'ai ni le temps, ni les moyens. Je m'occupe. Des bricoles.» Silence encore. Je dis: «Êtes-vous d'origine... grecque?» «Non. Polonais, qu'il dit.» Ça vous aide madame M.? Il ajoute: «Ma femme aussi.» Mon Ringuet, soudain, se met à jaser sur... le Portugal! Il y est allé, incontinent, il nous chante les beautés du Portugal! J'avais hâte qu'il se taise et qu'on requestionne le Gustave. Rien à faire. Soudain, Ringuet regoûtait de sa liqueur bizarre, le voisin polonais lui dit: «Quel métier faitesvous?» Mon Ringuet s'écrie: «Inspecteur de police! Et vétérinaire à mes heures.» Il rigole mais notre Polonais s'excuse aussitôt et file rapidement chez lui. J'enrageais. Je me suis dit: il n'a pas aimé le mot «police». Ma méfiance quoi, à cause de vous? Et dire que sans vous et cette enquête-rue-Querbes, je l'aurais jugé bon époux, me disant: il veut pas laisser l'épouse, toute blonde, seule trop longtemps.

Ringuet m'a invité de l'autre côté de la rue. Chez lui, c'est le mini-zoo! Des cages d'oiseaux. En avant et en arrière. Le salon offre l'aspect d'un aquarium hollywoodien: un bocal énorme, tout en long. Des poissons multicolores! Des plantes en masse, un peu partout, un jardin botanique résumé! Il sait le nom savant des plantes. Et puis des chats! Des chats! J'en ai vu de toutes les couleurs. Il m'a dit: «Je les élève un peu puis je les vends... sur la «slide». «Au noir» quoi! Sur son balcon d'en avant, nous nous disons des balivernes, on se rappelle le bon vieux temps, certaines enquêtes coriaces et, soudain, je vois une Mercédès luxueuse qui s'arrête devant le 328. Je m'excuse aussitôt et cours me réfugier sur mon balcon. Pour mieux voir. Dans la voiture, il y a une sorte d'infirmier, un homme en sarrau blanc en tout cas. Derrière, une vieille dame avec une grosse infirmière aux airs martiaux, la garde-malade du film *Vol au-dessus d'un nid de coucous*. Elle va sonner chez nos Polonais. Blondinette vient répondre, écoute l'infirmière un moment puis court vers la limousine. Elle s'y enfourne, fait des bises à la vieille dame aux cheveux d'acier, lui parle en lui tenant les mains et puis sort quand son Balafré s'amène. Blondinette rentre chez elle et le Gustave Polonais, à son tour, embrasse et caresse la digne dame en tailleur gris. Il semble nerveux, ému. C'est la première fois que je le vois tant sourire. L'Acier, elle aussi, semble heureuse de le voir, fait de grands gestes et lui remet une grande enveloppe brune. Ils sont restés fort longtemps à causer sur le siège arrière de la voiture. L'infirmière fumait aux côtés de... l'infirmier, en avant. Enfin, mon voisin sort de la limousine, fait des saluts, retourne embrasser cet Acier au maintien distingué et bien droit pour son grand âge. À regret, semble-t-il, il finit par rentrer chez lui et la Mercédès démarre, s'en va, disparaît au coin d'Elmwood, tournant vers l'ouest.

Vous avez exigé que je mette tout dans mes rapports quotidiens. Tant pis si cet aspect de mon guet vous ennuie. J'obéis. Quand je suis allé pour laver les verres à brandy, des murmures nombreux me parvenaient d'en arrière. J'ai posé la moustiquaire et je peux donc écouter, essayer de saisir ce qui se dit. Hélas les mots en français se faisaient rares. Tout de même, il y a eu: «Pourquoi se presser? Ils ne sont pas encore là.» Et, un peu plus tard: «Va pas t'imaginer que je recule ou que j'ai peur. Ils vont payer comme ils le méritent.» Ces paroles dans la bouche de Blondinette me surprenaient. Elle semble si douce, si fragile. L'Olive noire — j'ai tout noté — à un moment donné a dit: «S'il vient à la reconnaître, il en sera foudroyé.»

Ça s'est poursuivi en polonais par la suite. Avant qu'ils rentrent ils buvaient de cette liqueur, (polonaise, je suppose) Gustave a grogné et c'est lui qui a le plus fort accent: «Je vous le dis, plus je réfléchis plus je crois qu'on fait fausse route.» Ont suivi ce qui m'a semblé des jurons polonais émis par Rondouillard. Alors l'Olive frisée a prononcé lentement: «Gustave, c'est Lech qui a raison; pourquoi pas donner toute notre confiance au bureau?» Olive et Rondouillard sont-ils époux et épouse? Gustave a sifflé entre les dents: «Mon pauvre Lech a toujours été lent à agir! Ainsi Rondouillard se nomme Lech et c'est «le prudent» du groupe! Ça avance, non, chère patronne?

Rien n'est bien clair pour moi. Ils sont donc rentrés, ont fermé la lumière du balcon et je me suis gratté le ciboulot tentant de saisir le lien entre ces bouts de phrases. On veut se venger? De qui? De quoi? Il y a «un bureau»... Un bureau qui les commande, les ordonne?... Mystère et boule de gomme! Et ma tendre et pâle Blondinette qui a dit: «Imagine-toi pas que je recule ou que j'aie peur.»

Je suis allé chercher, hier, mon téléviseur, rue St-Hubert, le petit, celui du vivoir. Je voulais m'en passer. J'ai pas pu. La drogue des bulletins de nouvelles. À Ottawa, avez-vous entendu ça: «La Gendarmerie royale du Canada serait sur le point de stopper un trafic relié à des ventes clandestines.» Des émigrants d'un pays situé derrière le Rideau-de-Fer, installés ici, fourniraient des armes de fabrication soviétique pour attiser les querelles en Irlande du Nord.» Vous avez entendu ça peut-être et: «En chambre, le ministre Clark s'est emporté, a blâmé l'opposition d'avoir laissé couler ces informations et a exigé du président qu'on discute immédiatement d'un autre point à l'agenda.» Puis-je vous dire que je me suis mis à rêvasser: mes voisins étaient dans ce coup. Les malles cloutées du garage? Ça tourbillonnait dans ma caboche. Et vous là-dedans? Vous deveniez une cheville importante — de quel bord? — belle Mata-Hari qu'on a chargé d'enquêter sur ces trafiquants d'armes soviétiques!

Quelle misère hein? Je patauge. Je suppose qu'il s'agit de toute autre chose, non? Avant de m'endormir, je songeais à ce beau visage de la dame d'Acier, vue sous la lumière du toit de la Mercédès. Avec insistance, me revenait l'image du Gustave caressant et embrassant tendrement cette noble femme au visage couvert de rides sans nombre. Mais j'ai rêvé plutôt à des chats poursuivis par des tarentules veloutées. Brr!

III

Bien chère patronne, beau temps à Ottawa? C'est vrai, je dois pas traîner dans mes rapports. Bon. Les faits observés... Me suis acheté, chez Pascal, un léger chevalet de peintre. Ça va m'aider. (Notes pour ces frais ci-jointes.) Ainsi, l'air d'un croqueur de paysages urbains, je vois tout. J'épie, cigarillo au bec. Ce matin, à côté, c'est le calme. Tout le monde est parti. Les deux hommes, avec des caisses de carton dans la camionnette Ford grise. Les deux dames, Alice en poussette, sacs remplis de victuailles (avec ces «filets» pour les courses, on voit bien), sont parties en pique-nique dans un parc voisin. Il n'en manque pas par ici. Je suis allé chercher aussi mon vieux vélo (semi-course), rue St-Hubert, et j'ai pu constater hier après-midi qu'il y a au moins trois jolis terrains verts dans les rues de l'ouest.

J'ai osé, rapidement, retirer une enveloppe dans la «fente postale» de la porte du 328. Le nom est bien Pasznansko. À moins que ce soit du courrier pour des amis à eux. Improbable! Dans le coin gauche de la lettre j'ai pu lire: *Ambassade de Pologne-Poland Embassy*, avec l'adresse. Nos voisins songent-ils à s'en retourner là-bas ? Font-ils une demande de citoyenneté? Eh! moi pas savoir! Vous? Hier, soleil éclatant encore, et encore vers dix heures et demie du matin, grand départ pour un pique-nique. Ils aiment le plein air ces voisins. Eh bien, j'ai osé : suis allé voir M. Béranger, mon voisin de droite et lui ai raconté un mensonge. Je lui ai dit avoir prêté ma tondeuse aux Pasznansko et qu'ils ont oublié de me la rapporter. Qu'elle se trouvait dans le garage, que j'en avais besoin, etc.

Ça a fonctionné, type dévoué, Béranger m'a suivi avec un pied-de-biche énorme. Il m'a dit : «Mêmes garages partout, il y a un truc!» Ça lui a pris une minute et le garage était ouvert. Vous dire mon contentement. Pas de tondeuse, évidemment! J'ai dit : «Ah, ils ont dû remiser ma tondeuse dans leur cave.» Il a avalé ça aussi. Pas moins curieux que moi, Béranger examinait l'intérieur du garage Pasznansko. Pas de place pour une automobile là-dedans, c'est plein de vieux meubles. Dans un coin, étagères de planches, bancales. Sous des étagères remplies de pots, de boîtes de peinture, de bouts de bois et de placoplâtre, deux malles énormes dont je vous ai parlé. Cloutées. De style européen. Solides. Sur l'une des malles, un collant énigmatique : *Handle with care. Danger.* J'ai bien observé le truc de mon retraité du 324 mais si je réussis à me réintroduire dans le garage, je me demande comment je ferai pour ouvrir une des malles sans laisser de traces! Je suis sorti du garage à regret. Les portes se sont ré-enclenchées avec fracas.

Quand ma mission tirera à sa fin, vous me prévenez et alors là, oui, je ferai le nécessaire pour faire sauter le verrouillage d'une des malles.

Reconduisant en le remerciant M. Béranger, j'ai aperçu l'ex-collègue Ringuet qui entrait chez lui, tenant en laisse un ouistiti, un singe noir de poil et semblant tout nerveux. Il m'a expliqué : «Un pensionnaire de plus!» Puis il a crié : «On joue les Van Gogh? Les Picasso?» M. Béranger est venu voir «ce que je brossais». Il m'a fait des compliments quand je sais bien que cette pochade, «arbres-rue-Querbes», est d'une maladresse! J'ai observé certaines «frisettes» de la rue. Mystère! À petits pas rapides, l'un entre chez l'autre. L'autre sort et entre chez l'un. Ça pique ma curiosité. Tout pique ma curiosité. Comme ce chat tout tondu, sauf tête, cou, poitrail et qui a l'air d'un lion miniature, bien blond! Comme ce voisin, de l'autre côté de la rue, mince comme un fil, longues jambes déliées, qui passe un balai frénétique chez lui, puis sur le trottoir, sur une partie de la rue bien au-delà du caniveau. Et même chez ses deux voisins à gauche et à droite. Manège insolite non? Il est secoué de tics nerveux, semble (lui aussi?) épier frénétiquement ses alentours comme s'il transgressait un règlement municipal important.

Une très vieille dame, toute de rouge vêtue, s'est amenée tirant un de ces paniers roulants de super-marché, chargé à ras bord. Elle circule dans la rue. Pourquoi? Elle m'a crié: «Bonjour monsieur!» Semblait hilare! Elle avait un pas de gamine en santé florissante mais doit bien avoir plus de quatre-vingts ans pourtant!

L'idée m'est venue, hier, et encore ce matin, d'enfourcher ma bécane pour, hypocrite, aller grignoter un gâteau dans un parc où flâneraient nos Polonaises. J'ai hésité hier. J'hésite encore en ce moment. Un soupçon de trop et elles pourraient devenir méfiantes, chercher à dissimuler faits et gestes et alors vous me paieriez en vain. Pas vrai?

Une automobile de type wagonnette s'est arrêtée devant chez moi. Il y avait trois petits enfants dedans, une jeune femme, mine sérieuse et même grave, est sortie en fonçant vers moi. Elle m'a dit: «Cette maison n'est pas à vendre?» J'ai dit: «Non, pourquoi?» Elle a un visage de bécheuse, elle insiste: «Mais j'ai vu un panneau, il y a pas longtemps. N'est-ce pas?» Je lui réponds: «Oui, mais c'est fait. C'est vendu.» Elle semble fort déçue mais insiste: «Vous voulez pas vendre?» Un peu désarçonné, je lui dis: «Non, pas vraiment, non.» Elle persiste: «Ça vous intéresse pas?» Intrigué devant tant d'entêtement, je lui dis: «Écoutez, je viens d'arriver, repassez dans un an au moins.» Elle sourit à peine. Fait des signes de patienter aux enfants dans la wagonnette et revient à la charge: «Vous voulez vraiment pas la revendre?» Je souris, médusé et incrédule face à sa hardiesse. Elle reste songeuse. Me dit tout à coup: «Combien vous l'avez payée cette maison?» Je souris, muet de ce culot. Elle ajoute: «Il y a combien de chambres?» Amusé, je lui explique la compartimentation des pièces. «Je pourrais la visiter, oui?» Cette fois, je ris franchement. J'ai envie, moi aussi, de jouer l'effronté, de lui demander ses coordonnées, pourquoi elle tient tant à cette maison... Je me retiens. Elle dit après avoir réfléchi un instant: «Si je vous offrais cent cinquante mille, ça irait?» N'y tenant plus, je dis: «Je suis ici de passage. Je fais un peu de ménage. Elle n'est pas à moi.» Voilà ma jeune mère de famille enhardie: «À qui elle est? Qui l'a achetée? Un parent à vous? Un ami?» Vraiment, cette bizarre enquiquineuse me semble cinglée. Je lui dis carrément: «Travaillez-vous pour la police?» Enfin, elle esquisse un vague sourire et retourne à sa voiture. Ais-je trop parlé chère M.? Qui ça peut-être? Béranger, qui tente de ranimer vaillamment sa pelouse toute jaunie à coups de bêche et d'un sac d'engrais, a tout entendu. Il vient vers moi et me dit, à voix basse: «Ça, c'est nos «frisettes», ils sont comme ça. Cette femme ratisse le secteur, question de réunir davantage une de ces familles religieuses. Ils ont du front, trouvez pas?»

Je me suis fait venir une pizza, hier midi. La popote et moi, c'est difficile. Je suis donc allé luncher sur la terrasse de la cour. Eh bien, chère M., il y a du nouveau chez le voisin d'en arrière, rue de l'Épée. Les ouvriers devaient être allés casser la croûte dans une gargote du voisinage, le bruit des marteaux et des scies électriques avait cessé. Et qui se ramène? Toute une bande. Les prochains habitants du logis retapé sans doute? Une petite tribu. Je buvais ma bière les pieds sur la balustrade, j'ai sursauté. Les portes s'ouvraient partout en bas et à l'étage. En ce moment, je n'entends que les bruits des scies mais hier midi c'étaient des petits cris de joie, des appels d'un étage à l'autre, des courses à travers les pièces. Beaucoup de jeunes. Beaucoup de têtes blondes et rouges. Quatre ou cinq enfants. Plusieurs sont venus dans leur future cour, me jetant des regards prudents, examinant la maison vue d'en arrière. Au balcon du haut, un couple est apparu, probablement les futurs résidents, lui, grassouillet, les cheveux longs, dans la trentaine. Elle, au contraire, porte des cheveux coupés à la garçonne, très noirs. On jurerait une Espagnole, demandez pas pourquoi. C'est peut-être une Italienne ou une Portugaise ou encore une Africaine du nord. Lui est d'un teint palot, très blanc. Les joues bien rondes. Ils se tenaient par le cou, la mine de ceux qui vont enfin s'installer, considérant les alentours, le sourire aux lèvres. En bas, j'ai failli en échapper ma chope à bière! Vous?! Oui, vous étiez là! Un sosie parfait! Du cloning! Une dame, à peine plus vieille que vous. Même allure, mêmes yeux bleu clair, même chevelure, votre blond lumineux! Je lui ai souri. Au cas... Elle ne m'a pas répondu, m'a regardé pourtant longuement, comme si elle reconnaissait quelqu'un. De là mon sourire. Ce n'était pas vous, n'est-ce pas? La Marlène-II a appelé et deux gaillards costauds sont apparus, parlant anglais.

Les enfants couraient en haut et en bas. Des voix gueulèrent. On recommandait sans cesse aux jeunes excités de se tenir tranquilles. Le couple du balcon d'en haut disparaissait pour réapparaître en bas. Ils descendent le petit escalier tout neuf du jardin et examinent leur maison. Deux autres hommes, les costauds, même peau très blanche que le futur proprio — si je ne me tompe — sont venus sur la terrasse de bois d'en bas. Ils semblaient examiner tout autour, tâtaient les murs. L'un de ces gorilles est allé chercher une courte échelle d'aluminium et y a grimpé comme pour vérifier une sorte de boule métallique fixée à un mur de briques. Est-ce un système d'alarme? Les deux sbires sont rentrés et revenus en soutenant un géant chauve, au front démesurément large, on dirait Renoir, vous savez ce cinéaste français... ou encore un Kojak, celui du feuilleton-télé mais en plus hautain. En effet ce vieillard chauve, vêtu d'un long manteau beige, ultra-chic, écharpe de soie noire nouée autour du cou, ganté de peau claire, a une stature d'empereur romain triomphant.

Je vous raconte tout ça pour une raison précise. C'est que Blondinette et Olive sont revenues du parc à un moment donné et, voyant comme moi la horde de visiteurs d'en arrière, se sont soudainement métamorphosées en voisines toutes heureuses de voir de nouveaux voisins. Se connaissent-ils? Je le saurai. Il n'en reste pas moins que Blondinette est allée dans sa cour avec de grands sourires. Elle a même fait des petits saluts aux enfants qui se tiraillaient à l'étage sur le balcon. Ça m'a un peu étonné vu le peu de façons qu'elles me témoignèrent à moi, nouvellement installé depuis lundi, à côté. Même que l'Olive a tenté de parler au couple «amoureux» dans la cour, la garçonne et Grassouillet. Ces derniers restèrent de glace, jetèrent un sourire de façade, puis sont rentrés. J'ai vu les lumières s'allumer et s'éteindre. Les deux bons apôtres ont soutenu Noble Chauve et l'ont fait entrer en le soutenant. Olive et Blondinette m'ont paru déçues de tant de froideur, m'ont jeté un sourire de pure politesse.

Ensuite, Noble Chauve est apparu au balcon d'en haut, on aurait dit César saluant ceux qui vont mourir! Sa façon de poser les mains sur la balustrade! J'ai cru qu'il allait faire un discours! La jeune femme-garçonne est venue lui mettre une bouteille de champagne dans une main. Il a eu un petit sourire, a cassé la bouteille sur un des murs. On a crié. Le bateau était donc à la mer! Noble Chauve préside ensuite à une sorte de cérémonie qui maintenant semble avoir mis en joie toute la horde. Ils entrent. Une chanson fuse. Dans une langue qui me semble proche du russe ou du néerlandais, du flamand; qu'est-ce que j'en sais? Vu leurs physiques, je pencherais pour Hollandais. Deux des enfants, roux de chevelure, se tiraillaient dans la cour. Je suis allé vers eux pour tenter de les faire parler. J'ai dit, en français puis en anglais: «Vous allez habiter ici, oui?» Pas de réponse. Une envie seulement de me répondre avec des regards affolés vers la maison, quêtant une permission, et puis fitt! ils sont rentrés en courant. Sauvages? Ou trop bien élevés? Je verrai.

Un peu plus tard, je suis monté au mini-solarium de l'étage pour y prendre des tubes de gouache. Eh bien! Olive et Blondinette sont dans leur mini-jardin d'hiver elles aussi! Et Blondinette a une paire de jumelles! Elle a soulevé un des stores de bambou et épie les nouveaux arrivants. Quelle curiosité chez des gens que j'avais cru «jaloux» de leur intimité! C'est tout. Ou à peu près tout pour la journée d'hier. Au souper, Rondouillard et le Balafré se sont mis en frais de planter Dieu sait quoi le long des clôtures de leur cour. Potager? Plantes décoratives... Je verrai pas ça pousser sans doute!

Évidemment, la horde de Flamands (?) s'est retirée à mesure que les travaux reprenaient, passée l'heure du lunch. Hier soir, c'était de nouveau le calme habituel, rue de l'Épée. Sauf que vers vingt-deux heures, j'ai vu de la lumière et deux ombres qui circulaient. J'ai cru reconnaître les gaillards-infirmiers, aides de camp de Noble Chauve! Ils semblaient dérouler du fil électrique, ou quoi d'autres? Ils parlaient français... je dirais même québécois. Des sacres ont fusé à un moment donné. Puis un des deux «videurs de cabaret» est venu fermer la double-porte du balcon, j'ai alors entendu des verrous qui claquaient, je sens qu'ils ont un système de barrure très anti-vol. Anti-tout. Vous voyez, tel que promis, je vous dis tout.

C'est vers cette heure du soir que j'ai entendu une sorte de vive animation chez nos Polonais du 328. Gustave-le-Balafré, je commence à reconnaître sa voix, semblait donner des ordres. En mettant l'oreille au mur de briques de ma cuisinette, j'ai pu discerner, tout à coup, en français: «Je le dis pour la dernière fois! Pas de communications! Aucune tentative de rapprochement. Restons chez nous, bien tranquilles.»

Ces paroles m'ont étonné, j'ai compris qu'il y avait un chef là-dedans et que c'était le Balafré. Rondouillard criant, à l'intention de son Olive sans doute: «Gustave a raison, goddammit! Pas de contact s'il vous plaît!» Dans un français bien cassé.

*   *   *

Pizza au bec, j'ai demandé à un des menuisiers-charpentiers qui ramassait des bouts de bois partout: «Est-ce que vous avez terminé?» Il m'a dit: «Oui, oui, on achève, on achève là!» Sans me regarder, les bras pleins de retailles diverses.

Chères Madame M., un mot de vous et je me détacherai de ces observations dans ce logis, rue de l'Épée. Laissez-moi vous dire qu'il m'est difficile désormais de ne pas écornifler tout autour. Les Polonais sont si calmes. Il y a la petite Alice. Elle pleure souvent. Même la nuit. Je devine que cette gamine n'est pas en bonne santé. On lui achète beaucoup de jouets. Comme à une malade justement. Chaque jour elle apparaît sur la terrasse avec un nouveau jou-jou. Enfant gâté?

Me le reprocherez-vous? J'ai osé aller fouiner du côté de la rue de l'Épée, par en avant. Gros travaux. Fenêtres neuves, modernes, sobres. Sous la fenêtre centrale, à l'étage, on a fait un trou dans le mur et là se trouve un appareil pour air climatisé... ou «conditionné» si vous préférez! Pas de rideaux ni tentures, en bas et en haut; donc, les Hollandais-Flamands n'arrivent pas demain! Un des ouvriers est sorti. J'ai osé lui dire: «Je m'intéresse à la rénovation des vieilles maisons. Je pourrais pas visiter?» Il m'a regardé un moment sans rien dire. Je me suis senti trahi, comme si je portais, luisant, mon badge de policier d'antan. Il m'a dit: «Impossible. Je regrette.» J'avais déjà grimpé l'escalier du balcon et je regardais dans la porte vitrée de l'entrée qu'il avait refermée derrière lui. J'ai cru y voir un machin, vous savez, pour faire grimper mécaniquement un siège le long d'un escalier. Pour un handicapé? Pas sûr de mon affaire pourtant. L'ouvrier m'a dit: «Restez pas là. On a eu des ordres.» Ça m'a étonné. J'ai dit effrontément: «Qui vont être les propriétaires?» Il m'a dit: «Ça regarde personne ça, je regrette.» Pas un menuisier ordinaire ça! Je suis redescendu sur le trottoir, j'ai dit: «Ils arrivent bientôt?» Il n'a pas répondu. Je l'ai vu sortir des clés, verrouiller la porte doublement, serrure suédoise?, et s'en aller vers son camion, démarrer... et, me voyant toujours là, me faire un geste clair voulant signifier: circulez, débarrassez. J'ai eu honte, un peu. Mon métier m'a souvent obligé à ce genre d'insistance. J'ai sonné, une fois le camion loin; l'autre ouvrier est venu. Il est resté derrière la porte verrouillée, me criant: «Ouais? Qu'osse qui y a?» Il avait une voix bourrue, un visage d'enragé. J'ai dit: «Je crois que j'ai perdu un de mes pinceaux dans votre cour.« Il m'a jeté: «Je vas aller voir ça. Rendez-vous là.» Et il est parti. J'ai fait le détour d'un pas vif et je suis allé dans ma cour. Le type, au visage grêlé regardait dans le gazon, penché un peu. J'ai dit: «C'est un petit pinceau noir, difficile à repérer. Me permettez-vous de sauter la clôture?» Il me répond: «Bougez pas, je regarde.» Embarrassé, j'ai dit: «Laissez faire, ça vaut pas même cinquante cents.» Il s'est retourné et est rentré dans la maison en grommelant sourdement: «Y en a qui aiment ça déranger le monde.» J'aurais voulu écornifler un peu là-dedans. Mon petit doigt me dit qu'on y a fait des transformations d'importance. J'ai vu, l'autre jour, un arrivage curieux dans leur allée de garage, tout un stock de boîtes fragiles. J'ai vu les deux ouvriers transporter ce qui m'a semblé être des appareils inconnus, de marque «Braun». Dieu sait quoi? Mais allez-vous m'autoriser à surveiller aussi ce logis rue de l'Épée? Vous m'avez dit: les alentours et, surtout, le 328 Querbes. Je vais attendre vos commentaires. Nos Polonais ont bu des Campari-soda avant le souper. Ils jasent, en polonais, je suppose, je comprends rien. Ils ont des conversations sans doute toujours sérieuses. Jamais un éclat de rire, pas même un seul sourire. L'air ailleurs, je m'acharne à peindre les hauts chèvrefeuilles de M. Béranger, sur fond de vieilles briques «terra-cotta» du vieux garage. Mine d'être inspiré! Quel hypocrite je fais.

IV

C'est bien noté, chère Madame. 1- Aller fouiner au Dépanneur Hutchison. M'informer de sa nationalité. 2- Oui, je me rendrai chez cet imprimeur de livres d'art, rue Laurier, et tenter de le faire parler; d'où il vient, depuis quand il réside à Montréal, etc. 3- Je vous promets aussi d'abandonner mes observations sur ce logis rénové d'en arrière. Et 4- C'est entendu, j'irai fureter un de ces jours à la librairie de la rue Bernard , coin Bloomfield. Vous m'écrivez: *s'abstenir du vélo.* Vous avez raison, une heure absent et, en effet, un fait pourrait survenir qui vous manquerait cruellement. Promis. Mon vélo restera dans le salon, vide de mobilier. Je me suis procuré, avenue du Parc, vadrouille et balai, puis suis allé acheter des bidons de peinture. Blanche. Au rouleau, je donnerai une couche de blanc ici et là dans la maison. On me verra, dehors, en arrière, brasser mes pots de peinture, nettoyer ces rouleaux, me décrotter les doigts et tout et tout. Vous avez raison, il faut empêcher toute méfiance à mon égard. (Ci-joint: note de frais pour peinture, etc.)

J'ai du neuf. En pleine nuit, hier, je suis réveillé par des piétinements féroces. Je cours prêter l'oreille dans mon escalier intérieur. En effet, ça remue en diable de l'autre côté. Je cours regarder dehors: la Mercédès est là! Celle avec l'infirmier et l'infirmière de l'autre soir. Elle est vide. Dans le 328, c'est le remue-ménage et ça parle fort.

Ça grimpe l'escalier dans tous les sens. Ah! si vous m'aviez procuré un engin électronique sophistiqué!... J'écoute du mieux que je peux. Je me rends, le plus discrètement possible, sur le trottoir, il y a de la lumière partout au 328, des ombres passent et repassent. Il se déroule un événement d'importance, c'est clair. Soudain, je me cache dans mon portique, les garde-malades sortent, la Mercédès repart, sans ma vieille Acier, ridée comme une pomme cuite. Je suppose qu'on vient d'avertir mes Polonais sur son état. Est-elle morte? Est-ce la mère du Balafré? Les bruits se concentrent maintenant, ça se passe dans la grande chambre d'en arrière. Je peux essayer d'écouter du petit bureau où j'ai installé papiers et pinceaux, où, vous le savez, il y a une petite cheminée. Je tente d'écouter par le foyer de ma cheminée. Pas grand chose: une voix de femme. Blondinette je crois, qui parle haut. Une voix d'homme: Balafré? Et puis des plaintes, des murmures. On déplace des meubles. Acier Ridé serait-elle installée à demeure? Oui! Par le solarium, malgré un store de bambou tranché et à demi relevé, je peux voir, en images rayées, dans un fauteuil de type lazy-boy la digne vieille dame de la Mercédès! Autour d'elle, plusieurs silhouettes. On semble s'activer à l'apaiser; on lui apporte des médicaments? Une ombre lui verse une potion dans une grande cuillère. On lui pose des coussins sous la tête, sous les reins. Quelqu'un lui verse, dans une coupe de verre, une sorte de limonade. Bien jaune! Une ombre pose un gros bouquet de fleurs coupées dans un vase sur une console à ses côtés. Je vois la paire de jumelles sur cette table de coin. Maintenant, tout autour d'Acier Ridé, ce sont les accroupissements, je vois mieux les visages. Il y a Olive et Blondinette, elles sourient, semblent fort heureuses de cette arrivée en pleine nuit. Pourquoi diable à cette heure de la nuit? Ma montre indique deux heures du matin! Maintenant c'est Rondouillard qui est à genoux et qui, à l'aide d'un appareil, prend la pression de la vieille dame. Est-il médecin? Puis Balafré s'asseoit aussi en petit bonhomme à ses pieds, le visage radieux. C'est sa mère? Il lui caresse les mains. Je ne peux pas voir le visage de l'auguste «mère» : leur store de bambou !

Ensuite, j'ai pu entendre — inutile de vous dire que fenêtres et portes restent ouvertes chez moi, moustiquaires mises partout — des voix venant d'en bas. Je cours vers ma cuisinette. Le garage voisin, je le remarque, est muni maintenant de cadenas, énormes, en cuivre. A-t-il décelé que quelqu'un avait forcé le vieux système de verrouillage ? Une lumière éclaire leur cour, venant du garage. Deux silhouettes inconnues de moi sont en train de porter des boîtes ficelées de cordelettes dans ce garage. Je tente sans bruit d'aller sur ma terrasse. C'est déjà fini, les deux hommes regagnent l'allée du garage. Je cours en avant, ils montent dans la camionnette grise, s'en vont sans saluer les gens du 328. Des familiers ? De simples déménageurs ? Les bagages excédentaires d'Acier Ridé ? Je remonte vite à mon balcon vitré de l'étage. Il n'y a plus que Gustave et sa... maman ? On a installé un divan-lit dans un coin de leur mini-solarium. Du côté nord il n'y a pas de fenêtre. Elle dormira là ? Sans doute. Une silhouette féminine : je reconnais Olive à ses souliers aux semelles si épaisses, elle vient faire ce lit à une place. Oreiller, couverture de laine blanche-beige, une douillette rose avec des motifs floraux marron. Les deux hommes s'amènent, soulèvent la noble dame, l'installent sur ce divan-lit avec précautions. Balafré embrasse la dame ridée, elle sourit. Je vois mieux son visage, c'est bien ce visage étonnant, des yeux d'une douceur je dirais austère, et ces cheveux en effet d'acier poli. Tant de rides ! Je songe à un portrait de la romancière Gabrielle Roy. Même étrange beauté. Un visage ferme ; il en émane comme chez Roy une sorte de sérénité rare. On éteint ! Il ne reste qu'une lampe sur une petite commode dans un angle de cette pièce. Soudain c'est la petite Alice, en pyjama rose, elle se frotte les yeux, on lui fait embrasser par deux fois les joues de la vieille dame puis on la fait sortir. Une main éteint la lampe. Le noir.

Ce matin, chère M., grands adieux sur le trottoir du 328. La camionnette appartient donc à Balafré, puisque l'Olive et son Rondouillard partent dans la Buick jaune. Il y a des bagages partout, plein le siège arrière et sur le toit. Embrassades et bye-bye de nos voisins à ceux qui partent. Ainsi, il n'y aura plus que les Pasznansko à surveiller, la petite Alice et la mamie?

Suis allé m'acheter des oeufs, de la crème chez ce dépanneur du coin Hutchison. Une femme, beauté très méridionale, causait, de façon véhémente avec le proprio de l'épicerie. La femme est partie après l'avoir embrassé derrière une oreille. Il a souri. Je lui ai dit: «Vous parliez quoi, là? Portugais, je crois, non?» Il m'a dit: «Grec». C'est un homme au visage franc, dur, mais il a un doux regard, bien pacifique. L'autre soir, la boutique était remplie par une demi-douzaine de jeunes pseudo-punks. J'avais songé à m'attarder, je m'imaginais qu'il était inquiet. Eh bien, je me trompais, c'est lui le patron qui est parti, laissant à un des punks la garde du magasin. Son fils? Donc c'est un Grec, chère M. Souvent, le matin, quand je vais chercher mes journaux du jour — c'est une drogue, les actualités, j'achète *Le Devoir*, *La Presse* et *Le Journal de Montréal* — je rencontre (on doit avoir les mêmes habitudes, le même horaire) un diablotin étonnant. C'est un petit bonhomme dans la soixantaine, les yeux d'un bleu pur, saturé, cheveux et moustache très blancs, vif et dynamique comme pas un. Il a toujours à la bouche une maxime surannée, il a un accent difficile à discerner, presque parisien. Quand il me voit, il a des gestes de salutation empressés, il énonce quelques pronostics sur le temps qu'il fait ou qu'il fera; il semble constamment animé d'une joie brouillonne. Il fait plaisir à voir. Je voudrais bien savoir qui il est au juste. Quand il sort de chez ce dépanneur avant moi, je le vois trottiner d'un pas allègre: un adolescent aux études ma foi! Il traverse Hutchison, Durocher, Querbes et je le perds de vue chaque fois, me reprochant de ne pas l'avoir abordé. Je retarde le plaisir. J'ai un peu peur d'apprendre que ce jeune-vieux-drille n'est qu'un retraité anonyme. Je lui imagine un passé fabuleux, et même un avenir prometteur. C'est fou, non?

Donc ce dépanneur: un roc! Il est d'un mutisme total. Je me vois mal le questionnant. Et puis j'ignore tant ce que vous voulez savoir. Alors je lui ai dit: «De quelle partie de la Grèce venez-vous?» Eh bien, il m'a répondu: «Deux dollars et dix-neuf s'il vous plaît.» J'ai payé. Et j'ai dit: «La Grèce, le berceau de notre civilisation.» Un cliché stupide. Il a dit: «Je ne recevrai plus *Le Devoir*, pas assez de clients.» J'ai dit: «Pas trop grave.» Et j'ai ajouté: «Est-ce qu'il y a beaucoup de Polonais dans le quartier?» Il m'a répondu: «Il y a de tout. Des Polonais et des Grecs, des Portugais et des Hongrois, mais il n'y a pas d'Allemands. Beaucoup de Juifs.»

Alors j'en profite pour lui annoncer: «Il va y avoir des Allemands ou des Hollandais bientôt, derrière chez moi.» Il a dit: «Ils resteront pas!» C'est tout. Il est allé ranger des boîtes de céréales dans ses étagères. Je suis sorti intrigué par ce «Ils ne resteront pas». Cet homme n'est pas du type: «Jasons, causons, la vie a ses bons moments». C'est le type même du commerçant renfrogné du coin de rue qui, sans doute, ne veut pas d'histoire. Mais je veille, je peux me tromper chère madame.

Fidèle donc à toutes vos consignes, je me suis débrouillé pour faire la connaissance de votre monsieur-imprimeur d'art, rue Laurier. Je m'y suis présenté avec un échantillon de mes humbles aquarelles. Monsieur Albert Hoffmann m'a reçu... fraîchement. Il a peu examiné mon petit ouvrage. Il a plutôt senti le besoin de me faire voir sa collection, pas bien vaste encore, de livres, d'albums avec leurs illustrations aux signatures imposantes. J'ai joué le peintre naïf, l'illustrateur candide et j'ai insisté. Il a fini par sourire de mon entêtement et m'a raconté un peu son long itinéraire. Il est né, comme moi, en 1930. En Autriche. Il a suivi son papa, un ouvrier-imprimeur, en Allemagne vers 1935. La famille a fui le nazisme déferlant. Ce Albert, garçon rêveur, devenait, en Angleterre cette fois, un farouche amateur d'illustrés. Il m'a raconté: «Une vocation comme la mienne se forme toujours dès l'adolescence.» Il se jurait

qu'un jour il imprimerait de ces albums aux images savou-
reuses. Enfin, la famille Hoffmann émigrait — les bombes
tombaient sur Londres — aux États-Unis. Un jour, le jeune
Albert Hoffmann fut invité à titre d'expert au Musée des
Beaux-Arts de Montréal. Il y rencontra le grand amour de
sa vie : Elsa, une rescapée des camps de la mort. Épou-
sailles. Il y a dix ans, il débutait ici avec un premier livre
d'art et «sur» l'art. «Maintenant j'ai une réputation, comme
on dit»... me signifiant ainsi qu'il n'acceptait pas les
amateurs!

Comme vous refusez de me dévoiler le sujet de ma
filature rue Querbes, je suis maladroit, pose des questions
sans doute inutiles à vos tracas, ça vous apprendra. Est-ce
que vous me direz bientôt la vraie raison de cette enquête
que je dois mener à l'aveuglette? Alors vous serez surprise
de mes capacités. Albert Hoffmann, devenu plus cordial,
m'a suggéré : «Exposez vos aquarelles dans des boutiques
où l'on vend de ces mobiliers «à la page ». J'ai compris
qu'il jugeait mes esquisses colorées bonnes qu'à décorer
harmonieusement les murs des demeures à la mode du
jour. J'ai été jugé. Le grand art : pas pour bibi! Cet homme
qui ouvre ses beaux livres avec des précautions infinies ne
ferait pas de mal à une mouche. De quoi diable pourriez-
vous le soupçonner? J'y retournerai?

En attendant, une pluie fine, mais tombant en averses
pourtant, m'a trempé. Au retour de la rue Laurier, Béranger et Ringuet causaient ensemble au 324. Ils ont ri de me
voir mouillé jusqu'aux os. Ringuet a dit : «L'homme de
ménage est en lavette?» M. Béranger m'a dit : «Vous allez
avoir des voisins en arrière!»

En effet, je me suis changé puis, en cassant la croûte,
j'ai bien vu que mes Hollandais-Flamands (?) s'installaient.
Des camionneurs vidaient en vitesse un chargement de
meubles malgré la pluie. Je n'y ai vu que du stock presti-
gieux. Du beau style, je crois «espagnol-bien-lourd». Ces
nouveaux voisins sont donc des gens en moyens. Mais vous
ne voulez pas que je m'attarde sur eux. Je ferme donc les
yeux.

V

Pour justifier ma présence là-haut, je peins une nature morte. Oranges et citrons dans un bol à fruits sur une table avec nappe brodée. Ainsi je peux fouiner tant que je veux sur leur balcon vitré, jouxtant le mien. Le soleil aujourd'hui luisait mais, sans cesse, des nuages passaient dans le ciel de la rue Querbes. Terrible n'est-ce pas, chère M., pour un peintre (ou un cinéaste!) Je lèche mon papier aquarelle de petites touches aux tons acides commandés par mon «sujet». Un écureuil, acrobate, joue les équilibristes sur les fils électriques. Acier Ridé s'est levée de son lazy-boy et semble émerveillée par l'animal. Blondinette est venue lui ouvrir une des larges fenêtres et lui a fourni une poignée de cacahuètes. Appels répétés, en vain! L'écureuil va et vient, s'approche des fenêtres de nos Polonais mais n'ose aller ramasser les arachides offertes par la noble vieille. «Alice, Alice, vous fatiguez pas, revenez vous étendre», lui a dit Balafré sur un ton bourru mais aimable, plein de bonté grondeuse. Alice? On a sans doute nommé la petite en l'honneur de la grand-mère. L'enfant est venue, des jouets plein les mains, et s'est mise à roucouler mais toujours sans sourire. Soudain, Alice II a pris la gamine sur ses genoux et ce fut des effusions, des caresses... J'ai remarqué qu'elle pleurait soudainement! La fillette s'est glissée hors de sa portée pour appeler l'écureuil à la fenêtre. Alice II a sorti un mouchoir et s'est épongé les yeux.

C'est là qu'elle a semblé découvrir ma présence. Nos fenêtres, sur un côté, sont à un mètre à peine les unes des autres.

Alice II m'a souri. J'ai fait de même. Puis elle m'a dit: «Jeune, je faisais de la peinture moi aussi», avec un accent charmant. Je lui ai fait voir mon pauvre travail, je me juge maintenant en fonction des critères du sieur Hoffmann. Admirez mon culot chère M., je lui ai dit: «Ma spécialité est le portrait et j'aimerais bien vous peindre!» Elle a souri longuement avant de me répondre. Enfin, elle a dit: «Quand vous voudrez.» Victoire! Me voilà muni d'une fameuse excuse pour pénétrer le logis polonais, non? Êtes-vous fière de moi? Je suis allé sonner bravement au 328. Balafré m'a ouvert l'air soucieux comme toujours. Je lui ai raconté mon invitation et l'acceptation d'Alice II. Il a semblé agacé. Il m'a dit: «Plus tard, je verrai. Ma mère est en très mauvaise santé». Je suis donc retourné bredouille chez moi. Il y a de l'espoir, il n'a pas dit: «Jamais».

Dans l'après-midi, surprise, Alice II trottine dans le jardin arrière! J'en profite pour aller arroser deux grosses plantes vertes que je me suis procurées rue Bernard. J'arrose copieusement et puis je descends dans ma cour et m'approche de la vieille dame aux cheveux d'acier brillant, par-dessus la clôture, je lui dis: «Je pourrais faire votre portrait ici dans ce jardin, non?» Blondinette sort aussitôt du logis, vient constater de plus près ce que l'on se dit. Elle sourit à l'idée. Balafré en grognant un peu installe un fauteuil tapissé sur sa terrasse de bois. Et je cours chercher mon attirail.

La vieille Alice est née en 1920 à Varsovie, son nom de fille serait Gertler. Ses vieux parents furent passés — et trépassés — en chambre à gaz au camp de Ravensbrück. Elle a pu y échapper de justesse: son tour était venu quand, heureusement, les alliés s'amenèrent enfin. J'ai remarqué qu'elle avait sur son avant-bras gauche un de ces sinistres numéros tatoués. Ça m'a fait frissonner. Elle a un accent quelque peu... parisien. Elle m'a raconté avoir vécu toute jeune dans le Périgord, puis à Paris. Son père était, me dit-elle, le plus habile des tailleurs de Varsovie. Des larmes lui sont venues aux yeux. Elle a appelé la petite Alice. Elle l'a serrée contre elle. À l'étouffer! La petite s'est dégagée farouchement et est allée jouer sous le balcon-terrasse avec une pelle et une chaudière. Toujours avec son petit visage un peu tragique.

Pendant que je commençais à tracer au fusain les traits de ce magnifique faciès aux ravinements émouvants, Bala-fré est venu chercher sa femme qui observait le grand artiste (!), ils se sont nerveusement murmuré des mots en polonais. L'épouse est allée faire un téléphone dans sa cui-sinette. J'ai tenté de comprendre puisqu'elle parlait fran-çais; je n'ai pu saisir que des bribes, Alice I chantonnait fort sous leur balcon. «Mais oui. Ils sont arrivés. Entendu, c'est certain. Nous serons prudents, Lech. Mais oui Lech!» Elle a baissé la voix, on aurait dit qu'elle m'avait vu en train de l'observer. Plus tard, le ton monte et je l'entends qui dit: «On ne peut pas la renfermer quand même! Elle a besoin d'air, de soleil.» Je me disais qu'elle devait parler d'Alice II, sa belle-mère. Je m'excuse, je nage encore dans des suppositions. Acier Ridé, est-ce vraiment la belle-mère? Est-ce vraiment la mère de Balafré-Gustave? Pour éviter qu'on ait des soupçons sur mon rôle, je n'ose pas trop questionner avec précision. Balafré a pris le téléphone et, en polonais, a semblé répliquer fougueusement aux recom-mandations de ce Lech à l'autre bout de la ligne.

J'ai dit à mon Alice II que j'avais l'intention de faire d'abord toute une série de dessins, comme des études. Je lui ai avoué n'avoir vu que rarement un si beau visage. Elle a baissé la tête, a eu un de ces sourires d'une féminité rare et je l'ai trouvée plus belle que jamais. Je m'imaginais cette fillette il y a plus de quarante ans, à peine adolescente, enfermée dans cette prison hitlérienne. J'enrageais. Je me suis souvenu de nous, nous tous. Jeunesse heureuse, bien à l'abri des dangers réels dans notre Amérique du Nord des années '40. De moi, jeune garçon amusé de collectionner ces cartes imprimées illustrant avions et bateaux militaires, chars d'assaut, canons divers, appareils blindés capables de cracher feux et mort. Pour nous cette guerre se déroulait au bout du monde et nous allions triompher, tous ces engins merveilleux attestaient de notre force. Que savions-nous de ces petites Alice amaigries, derrière des barbelés, qu'on enverrait aux douches une seule terrible fois?

Tout cela, au fond, pour vous demander de quoi retourne cette enquête? Je dois vous le dire franchement: il me devient quasiment pénible de surveiller hypocrite-ment ces voisins. Je ne vous cacherai pas que je me sens vaguement solidaire d'eux. Je risque, par ces mots, de recevoir mon congé, je le sais. Aussi ne vous gênez pas. Cette surveillance m'accable un peu. Je ne parviens pas du tout à deviner vos intentions.

Maintenant j'ai réussi à apprivoiser un peu la gamine, je lui prête mes crayons, mes feutres et du papier. Ses graf-fitis sont encore des... vagissements visuels, du barbouil-lage. J'ai même invité Alice II à peindre. Elle a accepté en rougissant. Elle n'est pas maladroite, elle a réussi un por-trait de moi, au bord de la caricature et qui pourtant fait montre d'un certain talent. Vous voyez, cette famille n'a rien pour exciter ma méfiance. Alors une idée me traverse l'esprit: vous voulez les protéger? J'y suis cette fois, non? Contre quoi? Contre qui? Me le direz-vous prochainement? Ça me soulagerait.

Ce matin chez le Grec-dépanneur, j'ai encore rencon-tré le petit bonhomme énergique aux yeux bleu clair. Il est toujours un peu à bout de souffle et, à la fois, très en forme! Il m'a apostrophé ainsi: «Jeune homme, (c'est gentil de sa part) croyez-moi, la vie n'a pas de prix. À mesure que le temps passe, je découvre ses bienfaits ano-dins. Des choses qu'on n'apprécie pas avant de vieillir vraiment.» Il a une voix de stentor, tout son corps semble s'agiter frénétiquement quand il parle. Il a un sourire convaincant. Je lui ait dit: «Avez-vous été professeur?» Il me rappelait l'énergie d'un vieux prof, rue St-Denis, Mon-sieur Laroche et. je ne sais trop pourquoi, sans doute ses commentaires philosophiques, il m'a semblé un vétéran du monde de la pédagogie: «Pas du tout, répond-il, j'étais

46

dans le merveilleux monde des affaires.» Il est reparti, *The Gazette* sous le bras, clamant, rieur: «L'existence est un cadeau que personne n'apprécie plus à sa juste valeur.» La porte a claqué. J'ai payé mes oranges, mes bananes, mon pain tranché et j'ai questionné le Grec au visage si paisible: «D'où sort ce merveilleux pépère?» Le Grec m'a dit: «Je ne le connais pas vraiment. On m'a dit que c'était un millionnaire aujourd'hui ruiné.» Je lui ai dit avant de sortir: «Formidable! Un homme ruiné et si joyeux.» J'ai voulu le suivre, il me fascine ce guilleret sexagénaire (au moins). Je l'entendais chantonner loin devant moi, le manteau de printemps grand ouvert, marchant d'un pas fort alerte. Je n'ai pu le rattraper. Il a tourné à un coin de rue et quand j'y suis parvenu, disparu mon philosophe ruiné!

À mon retour, branle-bas au 328. Une ambulance stationnée fait miroiter ses clignotants. Qui je vois, couché sur une civière? Balafré lui-même!

J'étais pourtant certain d'y découvrir Alice II. Blondinette est montée dans l'ambulance, m'apercevant, elle m'a dit: «Une attaque encore! Je reviendrai avant midi, vous pouvez surveiller la petite?» J'accepte aussitôt bien entendu. L'ambulance part en trombe! J'entre au 328. La gamine pleure. Je tente de la consoler. Je vais rapidement chercher mon matériel de peintre du dimanche. Je lui fait un cheval, un mouton, un canard, toute une ménagerie. J'imite les bruits de chaque animal. Je tente de la faire rire... En vain! Elle finit par se réfugier dans le salon et joue en pleurnichant avec un jeu de Légo, assise sur le tapis. Je monte à l'étage voulant rassurer Alice II, ma belle vieille dame. Personne! Je demande à la petite où est grand-maman? Elle ne semble pas comprendre, me fait une grimace et se concentre sur une tour de minibriques bleues, rouges, jaunes.

Je descends à la cave, elle y est! On lui a déjà installé sa nouvelle chambre! Dans ce qui était sans doute une sorte de vivoir ou salle de jeux, on a déroulé un vieux tapis de Turquie, on a installé un lit, une commode, une table de chevet avec une lampe, un fauteuil à bascule et ce lazy-boy vu là-haut du solarium. Pourquoi ce déménagement au sous-sol? Je me rappelle ce «nous serons prudents» entendu au téléphone. Alice II me sourit et me dit: «Ils disent qu'il y a trop de courants d'air là-haut. Je suis de santé fragile vous savez. En France, à Toulouse, j'ai été tuberculeuse. Longtemps.» Je lui parle de Gustave-Balafré: «C'est mon fils. Je n'ai plus que lui. Mon mari est mort il y a six mois. Là-bas. Je n'ai plus que lui!» Je la questionne sur la santé de son fils: «Il a travaillé si fort en arrivant en Amérique. Il s'est usé prématurément, le pauvre enfant. C'est la troisième crise en un an!» Je la rassure, je lui parle des progrès de la science médicale mais elle ajoute: «La médecine est impuissante quand tout s'est effiloché en dedans. Impuissante!»

Je cherche quoi lui dire sans éveiller les soupçons sur mon rôle de guetteur. Je me retiens de lui demander: «Que fait-il pour gagner sa vie, de quoi se méfie-t-on, que contiennent les malles verrouillées du garage, qui sont Olive et Rondouillard par rapport à vous?»... Je tâtonne. Je lui dis: «Pourquoi, j'ai vu votre tatouage, avez-vous été internée?» Elle semble hésiter à me répondre, elle soupire, elle me sourit et dit: «La planète est devenue toute petite. Ils font maintenant le tour de la terre en quelques minutes! Nous sommes tous sur le même bateau. Je voudrais que notre petite Alice soit heureuse sur ce petit globe tout bleu. Si joli! Si joli!»

Je suis remonté au salon. La gamine ne joue plus, elle est grimpée sur un calorifère et a tiré les rideaux de dentelle de la salle à manger. Elle fait des petits bruits avec ses dents et sa langue. J'y vais. L'écureuil est pas loin! La tête en bas, accroché au lilas tout bourgeonnant. Je sors avec Alice, j'ai trouvé une soucoupe pleine d'arachides sans écales. L'écureuil, méfiant, se rapproche un peu.

Maintenant Alice trépigne, l'animal a consenti à venir sur le balcon de bois mais se retourne prêt à regagner son arbre. Sa tête remue frénétiquement. Alice I pousse des petits cris nerveux. Il se sauve. Je vais poser des cacahuètes sur les branches les plus grosses du lilas. J'ai verrouillé une sorte de barrière pour empêcher la bambine de tomber dans le petit escalier et je rentre. Près d'un petit bureau défraîchi, dans le couloir, il y a un tas de boîtes de carton; j'ouvre celle du dessus. C'est un tablier! Avec des motifs brodés dessus. Cela me semble de l'art populaire, hongrois? Ou roumain? Des fleurs, des figures géométriques aussi. Il me semble avoir déjà vu ce style décoratif aux costumes d'une fête populaire en l'honneur de jeunes Européens de l'Est. C'est la Fraternité des policiers qui avait payé une partie de cette fête... L'ex-collègue, pseudo-vétérinaire, Ringuet aurait-il raison: un commerce «au noir»...

Le garage, ça m'étonne, est entrouvert! Je sors, je saute la barrière de leur balcon et j'y vais fouiner: plus de malles! Rien d'autres que les outils de jardinage! En rentrant dans la cuisine, je sursaute, Alice II me regarde. Je tente de bafouiller une explication: «Le garage était ouvert! On annonce de la pluie!» Elle sourit: «Je sais bien que vous n'êtes pas un vrai peintre.» Je vous avoue, Marlène, que cette remarque m'a coupé le sifflet. Je me suis dit: c'est le genre d'être méfiant. Habitué à la méfiance. Je tente: «J'étais dans les assurances. J'ai pris une pré-retraite mais j'aime vraiment l'aquarelle vous savez!» Elle me regarde et je me sens fouillé jusqu'aux entrailles. Elle dit et le mot m'assomme: «Vous étiez enquêteur? Non?» Je détourne un instant le regard, je vois la petite dehors, qui appelle sans cesse son rétif écureuil. Alice II ajoute: «Dans les assurances, vous étiez enquêteur, non?» Alors je fais: «C'est un fait. Comment le savez-vous?» Elle me répond: «Seulement à vous voir agir. Je devine souvent le métier des gens. Mon père, le tailleur magnifique, il avait des gestes de couturier, je reconnais les gens de la couture facilement.»

Ma belle Acier Ridé, malgré ses mains tremblantes, s'est affairée à préparer le repas du midi. Je me suis assis sur un tabouret haut et je l'ai observée à ma guise. J'ai constaté l'agilité la plus étonnante. Elle allait partout, sortant des chaudrons, coupant des légumes, taillant des morceaux de viande, brassant une sauce d'une main, jetant de l'autre main des piments hachés dans un poêlon. Fascinant! Il a fallu que je lui explique comment fonctionnait la cuisinière électrique. Je l'ai entendue rire. J'ai frissonné. Un rire d'enfant! Véritablement. Une cascade de rires qui lui a rendu, quelques instants, ce visage qu'elle devait avoir jadis. À un moment donné, la gamine a délaissé l'écureuil, est rentrée et je l'ai suivie à l'étage.

J'ai vu, me laissant conduire, la chambrette de la petite. Elle m'a offert un ourson, puis une souris-marionnette grise, et enfin une énorme poupée aux cheveux à demi arrachés, aux yeux pendants, une horreur! C'est idiot, j'ai songé à Acier Ridé dans son camp nazi. La petite semblait vouloir me montrer l'inventaire complet de ses jouets. J'en avais plein les bras. Puis elle m'a tiré vers une autre pièce, en avant, voisine de sa chambre. Un bureau? Je comprends maintenant les bruits de cliquetis entendus parfois quand je veille dans mon petit vivoir d'en avant. Il y a un ordinateur de marque Commodore et une imprimante. Un texte y traîne. Il est écrit (sans doute) en polonais. À un mur de ce bureau, des tas de cartes postales. Je vois la signature d'Alice II, elle donne des nouvelles... J'en ai décroché une, c'est écrit en français et avec une écriture très soignée: «La petite ne reverra plus grand-papa. Il est très mal en point. Je crains de devenir veuve avant la fin de cet hiver...» À la fin, je lis: «Je refuse cette idée d'aller m'installer chez vous, là-bas. Je dérangerais. N'insistez plus, je vous en prie. Il y a, en banlieue de Toulouse, un «foyer» très agréable pour les vieux.»

Sur un autre mur, des paperasses griffées par des pinces métalliques, ce sont des commandes rédigées en style télégraphique. Je lis sur une facture: 12 du modèle A-86, 18 du modèle C-XY-120... Une adresse: 53e rue, East Side, New York. Une note barre la facture: TO BE DELIVER AS SOON AS POSSIBLE. Mystère encore que tout cela?

Derrière le pupitre ancien, très abimé, une sorte de

commode à six tiroirs. Tiroir du haut: «Des médailles militaires! Une panoplie multicolore avec des bouts de ruban. Des photos encadrées: paysages inconnus de moi. La Pologne? Le pays toulousain? Sais pas. Deuxième tiroir: un costume étrange, kaki, sobre, militaire sans doute. Dessous, un de ces costumes vus au cinéma: celui d'un SS! Il y a le blouson, une ceinture, avec le célèbre et funeste sigle. Une culotte de cavalier. Une casquette avec la tête de mort et une insigne fameusement haïssable: la croix gammée. Dessous encore: un drapeau à croix gammée. Chère madame, je suppose aussitôt que j'y suis: mes gentils Polonais sont des fuyards nazis? Mais non, il y a cette Alice toute ridée avec son numéro tatoué sur les bras! Je ne sais plus quoi penser. Quand je veux ouvrir un troisième tiroir, quelqu'un tousse derrière moi, je songe à la petite mais c'est Blondinette qui est là! Je rougis sans doute. Elle me regarde, silencieuse. Je me dépêche de trouver quelque chose à dire. Je bafouille, penaud: «La petite semblait chercher un jouet. Elle m'a conduit ici et m'a montré ce meuble.» La bambine ouvre les bras, Blondinette la hisse aussitôt. «Je suis revenue plus tôt que j'aurais cru. Mon mari va s'en sortir encore, c'est passé.»

Elle descend l'escalier, je la suis. De bonnes odeurs montent à mes narines. Je dis: «Votre belle maman est encore fort agile pour son âge, si vous l'aviez vue!» Mais ma Blondinette ne dit rien. Rendue en bas, elle va m'ouvrir la porte d'entrée. Je sens qu'elle n'a peut-être pas cru du tout mon explication... plutôt piètre d'ailleurs. «Je vous remercie pour votre aide, monsieur Asselin.» Je sors, ne trouvant rien à ajouter. Je m'en veux. J'aurais dû mieux surveiller dehors. Elle a pris un taxi sans doute. La porte s'ouvre de nouveau: «Vos affaires!» Blondinette me tend fusain, papiers, plumes-feutre. Je bafouille: «Si vous avez besoin de moi, n'hésitez pas, je n'ai rien à faire d'urgent.» La maman d'Alice me jette un regard où je n'arrive pas à lire méfiance ou gentillesse, haine ou bonté: «Mon amie Éthel va revenir habiter ici, merci quand même.» Éthel? C'est sans doute Olive Frisée!

Je ne me trompais pas, Olive-Éthel s'est amenée dans la vieille Buick jaune. Sans son Rondouillard, Lech. Elle a quelques valises, pas de malle. Je suis allé manger du poulet et des frites, commandés rue Laurier, sur mon balcon vitré de l'étage. Le leur a changé d'aspect. On y a mis une table de cuisine avec formica simili marbre. La paire de jumelles y est posée. Il y a maintenant des bouquets partout, tous suspendus au plafond de cette fausse serre. À se demander s'ils pourront encore voir dehors. Dans un coin, un fauteuil avec deux grosses oreilles, une étagère à quatre tablettes, remplies de livres. Je ne pourrai plus espionner ma chère vieille dame d'acier! Tant pis.

En me penchant, je vois maintenant deux hommes qui tirent péniblement une énorme malle cloutée, semblable à celles qui y étaient. Ils s'en vont après avoir cadenassé solidement les portes. Par en avant, je vois les deux taupins qui s'en vont dans la Buick jaune d'Olive! Chère M., je suis décidé et tant pis si cela coupe court à mon contrat, j'irai dans ce garage, même si je dois défoncer les carreaux de l'unique fenêtre du côté, je démantibulerai cette malle de malheur, je verrai ce qu'elle contient et je vous raconterai. À moins qu'une note de votre main m'enjoigne de n'en rien faire.

Je vous avoue que cette tâche m'épuise un peu. J'ai toujours détesté travailler à l'aveuglette. À bon entendeur, chère madame, salut!

VI

Bien reçu vos «instructions» boss! Merci de m'avoir écrit: *J'aime votre effronterie.* Vous ajoutez: *Continuez, trouvez nouveaux prétextes pour pénétrer au 328.* Facile à dire! Madame Marlène, facile à dire! Les rapports se sont refroidis pas mal depuis que Blondinette m'a surpris à ouvrir les tiroirs de la commode de leur bureau. Hier, le Rondouillet-Lech est apparu sur la terrasse arrière et bing! bang! bang!, il a installé une sorte de panneau-muret en bois découpé, une large feuille de 4 pieds sur 8. Et voilà, il y a entre nos deux terrasses désormais ce paravent ouvragé, acheté tout fait sans doute chez un Val Royal, couche de teinture déjà mise! J'ai affronté la chose pendant qu'il clouait, il m'a grogné: «On n'est pas vraiment sauvages, vous savez. C'est que Lisa veut faire pousser des choses qui ne poussent pas bien au grand soleil.» J'ai dit: «Bien entendu, c'est chez vous!» Ainsi Blondinette se nomme Lisa dorénavant. En effet, Rondouillard-Lech, par la suite, est venu installer sur leur rampe une longue boîte à fleurs peinte en vert.

Et puis ma jolie Polonaise, Lisa, s'est amenée et a brassé des sacs de terre bien noire, a farfouillé dans du compost et semble y avoir enfoui des graines précieuses. Alice I, grimpée sur une chaise, s'est amusée avec un grattoir, un hachoir et quelque autre outil de jardinage. Elle a eu les mains complètement noircies et c'est Alice II qui est venue la chercher en lui disant: «Viens, je vais te laver les menottes.» Dépotages, rempotages, cette manoeuvre a occupé Lisa une bonne partie de la matinée. Ses cheveux blonds lui traînaient dans le visage couvert de fines sueurs. J'ai fait l'intéressé. On peut encore se voir et se parler à l'extrémité de la terrasse, le panneau n'est pas assez long pour dissimuler entièrement leur terrasse. La gamine a crié pour avoir tous ces petits pots de plastique qui contenaient de minuscules plants enfoncés entre les graines invisibles et que, sans doute, je ne verrai pas grandir. Durant l'arrosage, encore des pleurs et des cris d'Alice I, la mère a cédé et l'enfant a mouillé sa robe copieusement. Grand-maman Acier Ridé est encore revenue la chercher pour la changer. Elle m'a souri, disant: «Les enfants aiment se salir, c'est connu n'est-ce pas?» Je lui ai dit: «Quand poserez-vous de nouveau pour moi?» Lisa-Blondinette et elle se sont regardées. Ont-elles reçu des ordres? Un silence puis: «Quand vous voudrez!» J'ai bondi sur mon matériel et enjambé la balustrade dans sa partie libre et me voilà, chevalet planté, les pinceaux aux doigts! Lisa, vu le soleil radieux, a installé une chaise longue sur sa pelouse et m'est apparue dans un maillot sobre, fort seyant, d'un beau vert jade. Elle lit un roman: *Les durs ne dansent pas*, le nom de l'auteur est écrit en lettres géantes: NORMAN MAILER.

Pendant que je tente difficilement de bien capter ce visage émouvant, celui de cette femme remplie de mystère et qui semble marqué par une existence si riche, si pleine, je vois chez le voisin de la rue de l'Épée un des enfants blonds aperçus l'autre jour. Il est juché, une jambe dans les barreaux de la balustrade, au balcon du haut, et fait des bulles avec une sorte de longue pipe. Il pousse des cris enthousiastes à chacune de ses réussites. Les bulles volent dans l'air et l'écureuil qui fait sa tournée entre les poteaux de téléphone s'en trouve soudain tout décoré. Grand-mère Alice a éclaté d'un rire franc. Le couple «amoureux» ne cesse pas d'entrer et de sortir de son nouveau logis. Des boîtes vides, des papiers divers s'accumulent dans l'allée de stationnement. Ça déballe en grande sans doute. J'ai entendu le bruit strident d'un aspirateur électrique, à plusieurs reprises. Deux fillettes, je les avais vues aussi, viennent embrasser papa et maman. Elles sont bien vêtues, un peu à l'ancienne, et s'en vont fièrement, en tournée de reconnaissance du nouveau quartier sans doute.

Une bataille vient d'éclater là-haut, le garçon de huit ans refuse férocement de prêter sa pipe à bulles à un plus jeune, de cinq ou six ans! Le père grimpe à l'étage et des gifles partent. Les garçons se sont tus aussitôt. Un père sévère qui ne badine pas et que je reverrai plus tard donnant moult bécots à sa tendre moitié aux cheveux à la garçonne. Ce papa porte une casquette de peintre en bâtiment maintenant: des retouches? Les ouvriers n'ont pas bien fait leur travail? Bon. Terminé. Vous m'avez écrit: «ne pas s'occuper côté rue de l'Épée.» Je guettais un peu de ce côté espérant revoir votre «sosie» chère Marlène. Rien à signaler. Sinon que j'ai entendu plusieurs fois que l'on prononçait votre «nom»: Marlène. Vous me direz: n'y a pas qu'un chien s'appelant Pataud! Je m'excuse de la maxime.

Surprise agréable: la fillette a semblé désirer que je fasse son portrait. Je m'y suis mis et cela m'a valu des sourires de Lisa venue nous servir de la limonade. On se croirait en juillet tant il fait chaud. Je sais bien que ce n'est pas l'été, rien qu'à voir tous ces arbres sans feuille, hélas! Les cloches de l'église St-Viateur se mettent à résonner dans tout le quartier. Un baptême? Grand-maman sourit et me dit: «Quand j'entends ça, je suis bien, je suis calmée. Les cloches d'une église, pour moi, c'est la paix, la paix revenue. La musique rassurante d'un clocher!» Ses yeux se sont embués de larmes. Sans doute que cette femme est ultra-sensible, d'une émotivité à fleur de peau. J'ai pu le constater, par exemple, l'autre jour je lui ai dit: «J'irai dans un des parcs du voisinage et je peindrai des images de cette nature à peine débarrassée de la neige et qui fait des promesses.» Eh bien, une larme a coulé. Elle a ajouté cette fois-là: «J'ai joué dans la neige, il me semble, il y a cent ans!»

Je vous dis tout. Je vous raconte tout. Tant pis pour vous. Vous m'avez dit «tout, tous les détails». Et puis ça vous apprendra à refuser de me mettre dans vos secrets. Sont-ils si terribles? Si effrayants? Qu'avez-vous donc à craindre? J'en suis rendu à penser qu'il s'agit d'une action pas trop «catholique» comme on dit chez nous. D'une affaire qui sentirait mauvais. Je vous préviens pourtant, si un jour je découvre que j'ai été lié à une affaire crapuleuse, ou simplement illégale, je m'empresserai d'alerter mes anciens patrons à la Sûreté. Si vous m'avez plongé, à mon insu, dans une sordide affaire, soyez assurée que je ne vous lâcherai plus par la suite, que je deviendrai l'enquêteur, avec ou sans solde, qui vous talonnera, vous poursuivra. Jusqu'au bout du monde s'il le faut. Mais non, je fabule. Je sais bien que vous avez pris vos renseignements, que vous savez parfaitement que l'on me confie parfois des enquêtes très officielles. Par conséquent, vous ne seriez pas venue en contact avec moi. Vous auriez (pour de basses besognes) fait appel à un de ces lascars comme il en rôde dans toutes les grandes villes. Je m'égare. C'est qu'il me devient pesant, quasi écrasant, d'enquêter ainsi dans le vague.

Si vos patrons à vous, en admettant que vous en ayez, vous ont commandé cette surveillance (dont vous êtes la coordonnatrice je suppose), dites-leur bien que Charles Asselin serait autrement plus efficace si l'on consentait à lui révéler le fond des choses. C'est une affaire privée, je gagerais? Mon intuition! Fort bien, alors vous pourriez faire des économies si vous étiez plus franche, plus directe. Il s'agit probablement, d'un grand secret... Soit. Subissez donc mes potinages, mon «méméring». Si vous représentez un syndicat quelconque de commerçants ou d'industriels, faut me le dire. Je foncerai côté livraisons car ça ne finit pas les arrivages de boîtes et les transbordements. Tenez, pour votre usage, ci-joint, des numéros de plaques d'automobiles et de camionnettes qui sont venues apporter des boîtes dans la seule journée d'hier. Faites vérifier l'identité de tous ces distributeurs et débarrassez-moi donc de ce job un peu agaçant. Admirez ma liberté. Ma cinéaste de compagne fait d'excellents gages ces temps-ci, de là mon esprit d'indépendance. Elle m'écrit cependant qu'à cause des vents, aux Îles-de-la-Madeleine, c'est mortel (côté prise de son) et que c'est bien le dernier long-métrage qui se fera là-bas en pleine mer!

Autre chose: Lisa-Blondinette m'a raconté que mon Balafré a eu un accident terrible: à l'âge de 13 ans, à Halifax, il avait voulu aider son oncle au port. Crochet de débardeur qui s'abat malencontreusement. Défiguration. C'était avant les miracles de la chirurgie plastique, hélas! Le fait m'a rendu comme moins sévère envers lui. À cause de cette cicatrice, je m'imaginais un de ces durs à cuire comme dans les films atroces avec l'acteur Richard Widmark. Des souvenirs du gamin s'introduisant, avant l'âge, aux cinémas Rivoli ou Château.

Autre chose: on est venu débarrasser un voisin de l'un de ces gros poteaux de téléphone vermoulus. Coupé en six longueurs. Les billes avaient été placées sur le trottoir pour les vidangeurs du lendemain. J'ai demandé de les apporter dans ma cour — votre cour! — et j'ai planté ces billes dans le gazon près de la clôture du fond, j'ai peinturluré ces morceaux avec des motifs comme ceux des totems amérindiens. Joli effet! La petite Alice a exigé de venir les voir de près. Elle a ri pour la première fois depuis mon arrivée au 326. Mes Polonais sont ravis, Lisa et Alice II trouvent ça joyeux. Il n'y a que l'Olive-Éthel qui semble désapprouver mon initiative de sculpteur candide. Tant pis pour elle!

J'ai pris des nouvelles de Gustave-Balafré. Lisa m'a dit: «Il va sortir sous peu. Il faudra qu'il reste à rien faire, ce sera bien difficile.» J'ai sauté sur l'occasion: «Que fait-il au juste votre mari?» Réponse qui m'a étonné: «C'est un inventeur, vous diriez, vous, un... patenteux.» J'ai poursuivi: «Il patente quoi? Dans quel domaine invente-il?» Réponse bien vague: «Dans n'importe quoi. Il peut faire un violon avec un aspirateur et un accordéon avec un vieux ventilateur!» Alice II a continué fièrement: «Tout petit,

Gustave s'amusait à tout casser, à tout démonter, il ne s'arrêtait jamais, c'était un petit garçon curieux de tout, laborieux, une petite fourmi besogneuse.» Et voilà!

J'ai demandé à Éthel, elle qui, il me semble, fuit toujours mon regard: «Votre mari aussi est un inventeur?» Elle a dit: «Lech n'est pas mon mari.» J'ai insisté: «Il travaille dans quel domaine?» L'Olive s'est comme renfrognée et, subitement, a lâché: «Dans les informations. Dans les enquêtes. Dans les archives!» Aussitôt, elle regarde Alice II et Lisa, puis semble regretter sa réponse, entre en faisant claquer la porte à moustiquaire violemment. Regrets pas regrets, je demande à Lisa: «Les archives de quoi? Quelles sortes d'enquêtes?» C'est la vieille belle-maman qui me répond: «Bah, tout le monde enquête, un jour ou l'autre, vous pensez pas?» Ce trait m'a fermé la margoulette. Je me suis souvenu de sa remarque quand j'ai parlé «assurances». J'ai l'impression que si ça se réchauffe un peu entre nous c'est qu'on a décidé de mieux me tenir à l'oeil. Vieille méfiance policière, me direz-vous? Je n'ai pourtant rien d'un paranoïaque, bien que je dois avouer une chose: le métier de policier fait qu'il faut toujours s'entourer de précautions. À cause de ça, je ne vous dis pas vraiment tout car je cause parfois à bâtons rompus sur des sujets absolument fades, histoire de jouer les bornés, le pas-futé. Je raconte des sornettes. Je me livre à de fausses confidences, question d'être pris pour ce type un peu collant qui fait du ménage, un peu d'aquarelle, qui s'ennuie tellement... N'est-ce pas?

N'empêche, en jasant ainsi de tout et de rien (si vous saviez ce que je peux être habile en faux-bavard) j'attrape des brides d'information un peu solides. Hier, je me suis mis à leur raconter des histoires de pêche de mon jeune temps. Éthel, Alice et Lisa m'écoutaient avec de visibles envies de bâiller. Soudain, Éthel lâche: «Quand on est au chalet du Lac Nominingue, on perd nos hommes des journées de temps à cause de la pêche.» Contente, chère M.? Il existe donc un certain chalet quelque part sur le Lac Nominingue où se réunissent nos chers voisins. Allez-vous m'expédier par là, plus tard? Vous apprêtez-vous à engager un autre fouineur pour aller fouiller adéquatement un certain chalet acheté — ou loué? — par les Pasznansko? Est-ce un chalet «quatre saisons?» Est-ce la cachette des cachettes? Y abrite-t-on des marchandises en quantités effroyables? À vous de jouer! La tête pensante d'un réseau d'espions dangereux y a-t-elle son quartier général? Vite, renseignez-moi si cette information change tout le cours de mon enquête. J'ironise... Je suis à bout de patience. Jamais aucune mission ne m'a paru si difficile à accomplir, à cause de vos secrets.

Encore ceci: je causais de façon banale sur une partie de mon passé, je narrais des faits anodins reliés au temps de la guerre quand on organisait, au Québec, un certain rationnement avec les tickets bien calculés, et les couvre-feu d'exercice au cas où cette guerre s'étendrait jusqu'au pays... Je m'amusais de nos frayeurs dérisoires comparées à ce que les Européens avaient vécu. Eh bien, Blondinette-Lisa a éclaté subitement: «Toujours le passé! Le passé! On devrait oublier. On devrait ne regarder que l'avenir.» Il y a eu un lourd silence de part et d'autre de notre clôture de cour. Lisa a continué sa complainte, elle se mordait la lèvre entre ses mots. Elle semblait comme exaspérée, je ne sais trop de quoi, elle a quasiment crié en dévisageant Éthel: «Faut savoir tourner la page. Ça donne rien toutes ces rancoeurs; ça nous gâche l'existence. C'est un poison, faut savoir oublier, faut savoir se débarrasser des mauvais souvenirs.» Alice II, de la terrasse, s'est levée et bien droite a dit: «Lisa, ça suffit! C'est assez, taisez-vous un peu, taisez-vous donc!»

C'est la première fois que je voyais cette jolie femme blonde s'exprimer avec tant de vigueur, de passion, je dirais. Elle a dit: «je rentre!» Mon modèle aussi est rentré. Olive-Éthel a marché vers la clôture au fond de la cour, elle a ramassé un ballon de soccer et l'a renvoyé chez mes Flamands! Le mari blond — aux cheveux longs — s'est approché, il a dit: «Excusez mes enfants, ils apprendront à faire attention madame.» Éthel lui a dit, pleine de gentillesse: «Je vous en prie, les enfants c'est fait pour jouer, pour s'amuser.» C'est la première fois que je voyais Olive-Éthel sourire, montrer tant de gentillesse. Elle a dit à longs cheveux: «Vous aimez votre nouvelle maison, oui?» Il lui a dit: «C'est l'idéal. Tout le monde est content, c'est un beau quartier.»

Quand Olive Frisé est rentrée, j'ai pu entendre aussitôt des éclats de voix, celle de Lisa et d'Alice II, et Olive qui répétait exactement les paroles échangées, comme obligée de le faire. J'ai mal reconnu la voix d'habitude si douce d'Alice II qui a rétorqué sur un ton rauque: «Méfie-toi. C'est du temps perdu. Tu sais bien qui je suis, non?» Alors j'entends Lisa-la-blonde qui recommence à chiâler des «le passé c'est le passé», «on doit vivre au futur», «à quoi bon toute cette méchanceté?» Et puis ce fut de nouveau la voix sévère de la vieille grand-mère, mais en polonais cette fois. Ça m'a semblé un discours plutôt raide, amer. Blondinette pleurait. Olive aussi je crois. Ça s'est terminé par une sorte de long sermon d'Alice-Acier, un discours monocorde, un monologue en polonais qui semblait vouloir les consoler, les raisonner. Comment savoir?

Après le souper, Éthel, seule, est venue s'asseoir sur le balcon d'en avant. Je sirotais une eau minérale avec un peu de brandy dedans. Elle m'a souri. C'était nouveau! On a un peu jasé. Son nom est Furluganou, elle est d'origine roumaine. Les parents de Rondouillard sont installés en Floride dans un petit condominium du côté de Clearwater, au bord du golfe du Mexique. Elle est devenue plutôt bavarde hier soir. J'ai appris qu'elle avait quitté son mari, un ivrogne né à Cracovie. Qu'elle avait connu Rondouillard-Lech l'hiver de '82, qu'il était employé au consulat roumain, mais que, parfois, il faisait des recherches pour la Hongrie, la Yougoslavie. Plus rarement, pour la Tchékoslovaquie. Elle était en verve. J'étais médusé. Je lui ai dit: «Pour des recherches? Les archives?», lui rappelant ses premières confidences. Elle m'a dit: «C'est un expert pour les folklores. C'est un cerveau brillant, une mémoire rare.» Elle a souri encore. J'ai voulu lui offrir de mon brandy. Rien à faire. C'est comme si j'avais parlé poison, l'ex-mari picoleur sans doute! Elle m'a confié rêver de la Floride! Elle parlait, je parlais, soudain, elle aussi, les larmes: «Mon père, quand nous étions en Roumanie, a été collaborateur avec l'envahisseur allemand. Vous comprenez? Il a été fusillé. Là-bas, Furluganou, c'est devenu un nom de proscrit. Je me suis mariée trop jeune et avec le premier venu à cause de lui, Nicolas Furluganou.» J'ai dit, mal à mon aise: «Vous savez, personne n'est responsable de ses parents. La naissance est un hasard.» Elle a reniflé ses dernières larmes, m'a fait ce beau sourire qui n'appartient qu'aux gens vraiment tristes. Lisa est venue la chercher à un moment donné. Avant de rentrer, elle m'a dit: «Bientôt tout sera fini, j'irai m'installer à Clearwater moi aussi. Avec Lech.»

Ce «tout sera fini» m'a laissé perplexe évidemment. Qu'en penserez-vous? L'heure H approche-t-elle, chère patronne? Cette Olive, si fermée en apparence, m'a rappelé tant de mes «questionnés», en cours d'enquêtes, soudain les huîtres s'ouvraient! Bien grandes. Le mutique devenait un verbo-moteur, un cachotier, un bavard incontinent! Soudain l'écluse s'ouvrait et un grand muet se métamorphosait en pie.

P.S.
Je vous devrai ceci: je découvre que j'ai un plaisir certain à vous écrire. À écrire. Avec ce drôle de boulot j'ai pris conscience qu'il y aurait désormais, avec mes petits plaisirs d'aquarelliste amateur, ceux de rédiger. Quand j'en aurai fini avec cette filature de fainéant bien rémunéré, je pense que je me déciderai à composer un bouquin avec tous mes souvenirs du temps passé pour la Sûreté du Québec. Si je mène à bien ce projet, je m'engage à vous faire parvenir un exemplaire dédicacé de... «Mémoires d'un limier».

Ch. A.

VII

Il m'en arrive de bonnes. Vous jugerez, chère Marlène d'Ottawa. Hier, j'ai un goût de croissants chauds, alors je vais prendre mon petit déjeuner à cette Croissanterie, coin Fairmount et Hutchison. Un décor un peu rétro. Art-déco indécis. De bonnes odeurs venant des fourneaux. Un choix appétissant. Je m'installe près d'une vitrine donnant sur la rue Fairmount. Qui je vois passer? Yeux bleus, mon frénétique bonhomme aux sentences si sages. J'ai envie d'attirer son attention, mais ce n'est pas nécessaire. Il entre dans la boutique, mieux, il s'installe. Table voisine de la mienne. Je rabaisse mon journal, fort content de pouvoir engager la conversation. Il m'adresse un de ces sourires chaleureux, commande des croissants, du café et le voici parti: «Mon jeune ami (quel homme aimable), c'est un de ces matins comme je les aime. Vous avez vu? Plein de nuages bas, une odeur d'eau. Ça va tomber.» Je lui dis: «Vous préférez pas le soleil?» Il rit, frétille de ses courtes jambes sous sa table, agite son torse frénétiquement: «J'aime le soleil et j'aime aussi la pluie. Pas de pluie, comment apprécier le soleil?» Son articulation appuyée, son visage irradiant la vitalité rendent un propos simpliste en paroles captivantes.

Nous mangeons chacun de notre côté. Je brûlais de le questionner sans en avoir l'air: «Le monde est petit, notre dépanneur grec m'a dit que vous aviez fait fortune jadis, c'est vrai ça?» Il rit. Fait un geste comme s'il chassait un souvenir farfelu. Il baisse la voix, ce qui doit être rare chez lui : «J'ai été riche. À craquer. J'ai pris de gros risques et j'ai eu de la chance. Alors, j'ai pris de plus gros risques et tout s'est écroulé!» Il garde un sourire désarmant. Alors, je lui dis : «Mais ce doit être plus difficile d'être sans ressources quand on a connu la grande prospérité, non?» Il me répond : «Pour un industriel, un manufacturier par exemple, qui a travaillé fort pour installer son commerce, oui, sans doute. La chute doit faire mal. Pas pour moi. Je ne désirais pas m'enrichir. Je ne travaillais pas bien fort. Je misais. Je comptais sur la sueur des autres. J'étais un joueur. Je n'étais qu'une sorte de voyeur, un parasite, et j'ai eu de la veine. En partant avec un petit pécule et avec l'aide de Dame Chance, cela s'est mis à grossir, énormément même. Quand tout cela s'est mis à fondre, d'un seul coup, je me suis dit c'est normal. C'est fatal.»

Il me dit se nommer Maynar. Je n'ai pas su son nom au complet. Il s'est installé à Toronto d'abord. «Je n'ai pas aimé Toronto. Trop froid, trop puritain, trop pincé.» Il a un rire de gorge, creux, qu'il semble toujours réprimer aussitôt comme un gamin enfreignant une consigne sérieuse.

Dès sa première visite à Montréal, il décide de venir s'y installer. «Montréal, c'est à cheval entre New York et Paris, c'est plus humain. C'est une ville à ma mesure, j'y respire librement.» Il m'a raconté un peu son passé. Il y eut un petit Maynar qui détestait l'école, «toujours à cavaler par monts et par vaux», me dit-il, rieur. C'était à Vienne. Sa mère était italienne, le papa un Autrichien de très vieille souche, qui se tuait d'une balle de fusil quand l'Autriche acceptait de rentrer dans «le Futur-grand-ordre-national-socialiste.» Ce sont ses mots. Il a grimacé.

La maman de l'adolescent Maynar décide de rejoindre des parents italiens émigrés à Toronto. C'est là que, dans la vingtaine, un oncle torontois l'initie au métier de courtier. Il guette sa fameuse chance. Le courtier en valeurs mobi-lières se change en un insolent et audacieux client de la Bourse de Toronto. S'amenait cette fortune inespérée et puis, à Montréal, cette banqueroute totale. Quand je lui demande s'il vit de ses rentes, il rit de plus belle: «Pas les moyens, mon jeune ami, je donne des cours.» Il a fait le tour du réseau. Un temps il fut chargé de cours aux HEC, puis il enseigna dans un collège privé: «Oui, l'histoire! Je suis un fou de l'histoire, vous savez. Le passé est la source étonnante de l'avenir! Ceux qui l'ignorent s'empêchent d'évoluer intelligemment.» Je me disais qu'il devait être un prof entraînant, ses façons, le dynamisme qui se dégage de ce vert vieillard doit être stimulant. «Vous me donnez un nom, Bonaparte, Victoria, Staline, Roosevelt, Mussolini, n'importe qui et je peux vous parler durant des heures, sans épuiser le sujet.»

Pour m'amuser je lui dis: «Papa-Doc! Duvalier-père!» et aussitôt c'est un démontage complet du personnage, des données bien fouillées et détaillées sur Haïti. Mon cher Maynar fait des coupes, va de la découverte de cette île jusqu'aux derniers jours du régime avec Bébé-Doc, il voltige, digressions par ici, ellipses par là. Il remplit sa fresque de mille facettes que j'ignorais, avec des informations concises, sur la nature de ce pays, ses chances d'avenir ou, tout aussi bien, sur l'origine exacte de son peuplement esclavagiste.

Ouf! Il enseigne rue Fairmount, au collège français. Il a enseigné l'an dernier à cette école secondaire voisine, Paul-Gérin-Lajoie. Il me dit: «La jeunesse m'est une raison de vivre. J'aime parler, je suis vieux-jeu, très «magistral». Quand je dis: avez-vous des questions? Les élèves rigolent, ils savent qu'avec une seule et toute petite question, me voilà reparti pour une heure encore!» Il a toujours son rire espiègle.

Chère madame M., je voulais vous agacer, vous faire languir, car ce Maynar est bien plus étonnant que vous pensez. Suivez-moi bien. À l'heure du lunch, après cette rencontre stimulante, j'hésite sur mon menu du midi quand on vient sonner à ma porte. Qui est là? Blondinette-Lisa! Elle est tout sourire et me dit: «Nous allons en pique-nique au parc Beaubien, vous voulez nous accompagner? J'ai à manger pour un régiment.» Je dis «oui» évidemment.

M'attendaient sur le trottoir Olive-Éthel et la petite Alice dans une voiture chargée de sacs. Il y a aussi Alice II, pas moins souriante que Lisa. Je jette des fruits dans un filet et tout le monde en route pour l'espace vert! Avouez qu'en un tel jour, (hier: menace de pluie) c'était un peu bizarre cette idée de pique-nique.

Je ne me méfiais nullement. Vers deux heures, un peu fatigué de faire jouer la petite Alice, je décide de rentrer. Je reçois alors des supplications de la part des femmes. Je m'entête. Mon instinct de policier? En arrivant chez moi, qui est-ce qui est en train de fouiller dans ma cave? Oui, lui, Maynar, bonhomme aux yeux bleus, et pas seul, avec Lech le Rondouillard! Je vous raconte ça d'ici peu. D'abord, au parc, quelque chose de nouveau: les trois femmes n'en finissent plus de s'intéresser à moi. On me questionne sans vergogne. J'en étais d'abord un peu amusé et puis, peu à peu, inquiet. Les mensonges s'agglutinaient, vous pouvez me croire.

J'hésite toujours un peu à vous narrer par le menu nos échanges mais je me souviens de votre insistance: *Tout me rapporter, tous les détails.* Au parc, je me souviens qu'à un moment donné la petite Alice s'était éloignée un peu trop; la grand-mère s'est énervée et a couru vers elle pour la menacer en quelque sorte. Revenue s'asseoir sur la grande couverture de laine, celle-ci m'a dit: «Je suis trop nerveuse. Je suis trop méfiante. Je reviens de si loin, si vous saviez.» J'en profite pour enchaîner: «Racontez-moi quand vous étiez une toute petite Alice comme cette gamine.» Je croyais qu'elle allait me parler du Périgord ou de Paris, où elle a vécu, voire peut-être de la Pologne de sa petite enfance. Mais non! Je l'entends me dire: «On nous avait séparés mes parents et moi. Mes souvenirs de jeune fille c'est les *blocks*. C'est le zèle de la *blockalteste*, une détenue de droit commun qui jouait la police dévouée, elle portait le triangle vert. C'était horrible là-bas, avoir dix-sept ans et pour seul horizon les barbelés électrifiés. Je voulais tant m'instruire, j'aimais les études et c'était la *kolonne*, le travail. Je cousais habilement. Ça m'a sauvée au début. On gueulait aux

66

nachtschicht, les travailleuses de nuit : «*Keine arbeit, keine essen. Straffblock!* Pas de travail, pas de nourriture. Punition!» Mon père m'avait appris à bien coudre, à bien tailler. Mais la *kapo*, une détenue polonaise, la patronne d'atelier, ne m'appréciait pas du tout parce qu'elle me croyait française, «toutes des syphilitiques» qu'elle répétait! J'aurais tant voulu apprendre, aller dans une université! Au lieu de cela c'était l'épuisement, des nuitées de douze heures sur les machines à coudre avec parfois des cris du *laferfuhrer*. Le commandant de Ravensbrück était un fou furieux, lui et sa jument prétentieuse et vicieuse, cette Gerda, l'*oberaufsherein*.» À ce moment, Olive se lève et m'entraîne vivement à l'écart, me chuchote de façon glaciale : «Faites-vous exprès? Il faut pas lui parler du passé. C'est mauvais pour elle. Taisez-vous si vous n'avez rien à dire.»

Quand nous revenons vers Alice II et la gamine qu'elle fait sauter sur ses genoux, son visage est couvert de larmes et elle dit : «C'est pas bon pour Alice, ce que je suis. Trop nerveuse! C'est mauvais pour la petite, je peux lui transmettre mes frayeurs, ma tristesse.»

Je ne commente pas. Éthel-Olive me fait de gros yeux. Docile, je dis : «Je voulais vous parler des jours heureux, ceux d'avant la guerre madame Pasznansko.» Elle esquisse un faible sourire, défait d'un geste ses beaux et longs cheveux gris. Ils sont soyeux. Son visage se tourne vers le soleil qui ose se montrer entre les nuages un petit moment : «Souvent, oui, je veux ne me rappeler que les beaux jours, quand j'avais six ans, dix ans. C'est difficile, me reviennent toujours les *offizierins* avec les cravaches et les revolvers. Les pires? Des Polonaises comme moi pourtant, ces *blockaltestes*! Ces prisonnières-policières : des enragées ces subalternes, je vous le dis!» Alors Éthel-Olive s'énerve encore, elle tranche fébrilement une tarte en quatre grands morceaux, grommelant : «Grand-mère, Lech serait fâché! Il a bien dit qu'il faut oublier le passé, qu'il faut nous tourner vers l'avenir avec confiance.»

Alice II se lève, repousse la pointe de dessert, sort une

balle d'un filet et va courir un peu avec la petite. J'en profite pour questionner la compagne de Lech : «Gustave était son unique enfant?» Réticente, farouche, elle me jette un regard défiant : «Que cherchez-vous à savoir? Pourquoi toujours ces questions sur nous, comme si nous étions des bêtes exotiques? Nous voulons devenir des gens ordinaires, vivant ici, avec vous, sans traîner le passé. Mais il y a toujours vos questions. Oui, Gustave était fils unique. Elle ne devait pas avoir d'enfant. Après ce qu'on lui a fait subir, elle devait être stérile. Mais il y a eu un miracle, Gustave! Un garçon fragile, né fragile. Vous avez vu, il pourrait mourir jeune. Sa santé. Lisa, la femme de Gustave, c'est Alice qui l'avait élevée, c'était comme sa propre fille. Elle l'avait adoptée en sortant de Ravensbrück. Comprenez-vous maintenant? Lisa a épousé le fils de sa «mère adoptive». C'est des liens terribles, ça. Parlons d'autre chose. De l'orage qui s'annonce.»

Quand les deux Alice sont revenues vers nous, fatiguées du jeu de balle, elles ont englouti les morceaux de tarte, des goinfres! Nous avons ri.

Le soleil se montre par brefs épisodes. Le tonnerre gronde au loin. Quand j'ai parlé de rentrer, les deux femmes sourient. Alice ridée surtout. Elle dit : «Le tonnerre ce n'est rien. Le numéro 38808 peut vous le dire. J'entends parfois encore ces sirènes, à l'aube, pour l'appel sur la *Lagerstrass*. Olive dit : «S'il vous plaît, grand-maman, que ça ne recommence pas! Songez à votre petite fille!» Un long silence.

Et puis on me requestionne : «Que faisiez-vous au juste chez vos encanteurs d'objets rares?» Et je dois inventer. Ou : «C'était quoi votre travail dans cet hôtel des Laurentides»? Et je forge des banalités.

Alice est incorrigible, ce qui agace suprêmement l'Olive-Éthel : «Il y avait au camp, Hanka, une *kapo* qui avait été fille de chambre dans un hôtel de Varsovie...» Chaque fois que la grand-mère parle maintenant, curieusement, la gamine se jette sur elle et alors elle se tait, l'embrasse partout, sourit du mieux qu'elle peut. La fillette va grimper à de faux rochers, se coupe une paume, saigne, la grand-mère dira: «Au camp, on nous soignait avec de la margarine, on saignait des mains à force de pelleter. Il y avait une *blockart* tchèque, une fille de Lesbos, plutôt aimable...» À nouveau le cri d'Éthel: «Je vous en supplie, ne parlez donc plus de ça!» Mais tout la ramène à ses sinistres souvenirs. Quand la petite glisse sur une énorme crotte de chien, grand-mère rit: «Nous allions souvent sous les ordres de la *scheisskolonne* ramasser de la merde aux puisards du camp pour fertiliser de la terre!» Encore un cri de mon Olive Frisée: «Ça suffit! Ces histoires n'intéressent pas monsieur Asselin.» Je tente de protester vainement. Je veux calmer Éthel, je dis: «De toute façon, malgré vos misères, sachez que vous êtes restée une très jolie femme, Alice!» Elle réplique: «Plus jeune, j'étais mieux. Bonne pour le *puff*, c'était le block-bordel, rempli d'étoiles noires, des gitanes surtout. Nous n'avions pas le choix. Quand on a faim...» Olive s'est éloignée, enragée et impuissante, amenant la petite avec elle. Je regarde cette belle vieille femme s'allonger, profitant encore d'une éclaircie et je maudis, moi aussi, ces funestes années 40-45. Je regarde cette femme couchée qui sourit, qui a fermé les yeux mais qui n'arrive pas à oublier. Je songe à moi, à mes soeurs. À cet âge, à seize ans, à dix-sept ans, libres, nous ne songions qu'à aller danser dans les salles du bord du lac, à Pointe-Calumet. J'ai mal, je juge que le destin est une folle, une tête de linotte capturant les uns dans une zone de cette planète, laissant les autres voltiger le «boogie-woogie» innocent dans les joyeux dancings. Chère Marlène d'Ottawa, je suis avec vous s'il s'agit de protéger ces gens, s'il s'agit de défendre cette femme blessée. Dites-moi bien vite qui ose menacer ce pauvre reste de vie si fragile, je deviendrai mauvais, enragé, je serai un guetteur se changeant en commando furieux, croyez-moi. Ou bien, c'est le contraire? De quoi donc auriez-vous peur, ma chère correspondante? Cette Alice, toute ridée, Lisa aussi, sont des êtres d'une douceur affable? Le gros Lech organise son petit trafic plus ou moins clandestin sans vraiment nuire à personne, je parierais... Et

Gustave le Balafré qui pourrait mourir prématurément...Cet enfant sorti par miracle du ventre de cette douce vieille aux cheveux de soie grise...

On dirait qu'elle dort? Mais non! Sans ouvrir les yeux, je l'entends, comme une petite chanson d'autrefois, elle murmure presque: «Éthel a raison: j'arriverai à oublier et si vous voulez, je viendrai vous voir de temps en temps, je vous aiderai pour la peinture; depuis que je vous connais, tout me revient, j'avais pris des leçons toute jeune, vous verrez, nous deviendrons rapidement de fameux artistes, monsieur Asselin.»

Le coeur me chavire. Voici que cette rescapée de l'enfer nazi s'offre, elle, de m'aider! De m'enseigner. Marlène d'Ottawa, je suis content, en ce moment, d'avoir accepté votre bizarre contrat: j'ai connu un être hors du commun, cette Alice Gertler-Pasznansko, une merveille de vie, savez-vous?

Quand Éthel revient avec la petite, qui va faire sa sieste malgré ce ciel labouré de nuages menaçants, elle ne me lâchera plus. J'ai l'impression qu'elle vient de décider de tout savoir sur moi. Les questions fusent. Je reprends la litanie de mes mensonges.

J'ai tenté cent fois de changer le tir mais mes questions à moi étaient toujours détournées. Chaque fois, après une réponse évasive, on reprenait, à trois, ce qui m'a semblé une interview de longue haleine. J'ai un peu pataugé. Éthel-Olive avait ouvert le feu, elle avait travaillé plus jeune dans le monde des assurances. Oh la la! Me voici agent d'assurances, loin dans la Beauce, pour une toute petite compagnie, évidemment inexistante. Ensuite ce fut le tour de Lisa-Blondinette: on voulait tout savoir. J'ai parlé assez longtemps de mes parents, de ma jeunesse. Je voulais gagner du temps. Si on me demandait: «Quand vous êtes revenu à Montréal, les assurances encore?» Je fuyais les précisions, moi qui fus si longtemps ce bureaucrate de Dame Justice, j'étais devenu un type bien instable, parlant de jobs divers, j'avais travaillé dans un hôtel du Nord, j'avais ouvert un restaurant dans le Maine, à Ogunquit, j'avais été, un temps, encanteur pour un riche marchand d'art... Ainsi, grâce à des enquêtes passées, je pouvais parlotter un peu sur divers milieux. C'est épuisant, mentir. Essoufflant.

Quand je me suis inventé ce métier d'encanteur, voilà qu'Acier Ridé s'embarque avec des questions précises ; elle s'y connaissait en histoire de l'art. Malheureux, je bifurquais à toute vitesse, disant : «Ça ne m'intéressait pas du tout, je suis resté à cet emploi qu'une seule année.» Et hop! une autre menterie. Vraiment, ce fut un pique-nique plutôt embarrassant. Mais vous avez hâte que je revienne au 326?

Donc, je déverrouille mon entrée. Je me verse un pernod avec deux glaçons, l'air humide me fait suer. J'entends la pluie dehors qui commence à tomber ; je vais refermer la porte de la cuisinette et, à ce moment, j'entends un bruit sourd venant de ma cave! Il y a si peu de choses dans "notre" cave, n'est-ce pas chère madame Marlène? Comment imaginer la chute d'un objet lourd? Je vais ouvrir la porte de la cave et je dis à voix haute : «Il y a quelqu'un?» On monte aussitôt l'escalier en me répondant : «Oui. Ce n'est que moi avec un ami.» Yeux-Bleus, Maynar, m'apparaît! Il est suivi du Lech à Olive-Éthel. Fameux duo, non? Croyez-le ou non, le Maynar est tout guilleret, me parle de la pluie maintenant torrentielle et va s'asseoir dans ma salle à manger, soufflant un peu, tripotant un gros mégot de cigare éteint.

L'autre, le Rondouillard-Lech, s'installe à ses côtés et s'allume une pipe qu'il a bourrée en trois gestes précis. Je m'installe en face d'eux. Un silence. Aucune explication ne sort des deux bouches. Alors je fais : «Est-ce moi ou vous? Qui s'est trompé d'adresse? Je suis bien au 326?» Le Maynar rit et me dit : «Chez vous, chez vous, c'est peut-être beaucoup dire monsieur Asselin.» J'encaisse. Mon historien, ex-millionnaire, sait peut-être tout de ce drôle de contrat qui nous a liés, chère M. C'est possible. Alors, je joue moi aussi la bonne humeur et tout sourire je dis : «Vous cherchiez quoi? Je pourrais vous aider?» Du tac au tac, Rondouille me lance : «Votre tondeuse? On en aurait besoin un petit moment.» Diable! Est-ce mon moustachu Béranger du 324 qui s'est ouvert la margoulette? Il est si causant!

C'est Maynar qui dit soudain: «Je prendrais bien un verre de votre pernod, d'accord?» Je sers du pastis, je verse l'eau plate. «À la bonne vôtre, cher grand maître en aquarelles!» Et voilà mon prof du collège français qui part: «Mon ami Lech et moi, nous sommes également passionnés par l'histoire. Nous fouillons tout, les documents les plus rares.» Je fais: «Vous trouverez rien d'intéressant ici, je fais un peu de ménage, vous avez vu. Un ami tombé malade. Un service à un vieux copain.» Rondouillard dit: «Un copain du temps que vous étiez dans les assurances?» Je me verse dans le "dallo" une bonne dose de pastis. «Si vous me disiez plus précisément ce que vous cherchez?» Je m'allume nerveusement un cigarillo. Mes deux visiteurs se regardent un bon moment.

C'est Maynar qui parle le premier: «Monsieur Asselin, c'est pas votre faute, c'est une question de tempérament ou bien — il cherche ses mots — de déformation professionnelle mais on va vous demander d'être plus discret à l'avenir.» Je fais mine de protester, je dis n'importe quoi, genre: «Écoutez, je suis seul, ma compagne tourne un film aux Îles-de-la-Madeleine, je m'ennuie, j'ai voulu me lier un peu avec des voisins si sympathiques... Quel inconvénient?» Maynar a pris une voix dure, inconnue de moi jusqu'ici: «L'inconvénient est majeur. Vous dérangez des recherchistes. Vous êtes devenu rapidement un élément de distraction qui embarrasse.» Je dis: «M. Maynar, quel est le lien entre mes voisins et vous, prof d'histoire?» Il répond aussitôt: «Les archives. La recherche en générale. Un travail urgent à finir. Ça ne peut pas vous intéresser monsieur Asselin.» Le ton se veut sans réplique. Je me tais.

Ils sont partis. Pas de merci pour l'apéro, pas d'au revoir. Mon histoire de tondeuse a été une maladresse regrettable, c'est tout à fait clair.

Chère correspondante, je regrette cet incident, vivement. Vous seriez en droit de rompre le contrat qui nous lie. Je n'en serais pas vraiment malheureux et pourtant, il faut que je le dise, ça y est, je suis piqué au vif! Mordu! Ce Maynar déteste peut-être les croissants du matin, c'est probable, je voulais le contacter et c'est lui, davantage, qui m'épiait, cherchait à me faire parler. Je consulte mes notes puisque je consigne faits, gestes, paroles, dans un calepin. Je suis un peu prisonnier ici au 326, alors que vous avez peut-être des assistants, un secrétariat. Si vous pouviez fouiller du côté «papa d'Olive», ce Nicolas Furluganou, collaborateur nazi à Vienne, ce «proscrit». Sur cette Acier Ridé, belle-mère de Lisa et maman du Gustave-Balafré, cette Alice Pasznansko? Ça m'aiderait, si vous pouviez me renseigner sur le professeur Maynar et le papa autrichien désespéré...

Ce costume d'officier SS dans un tiroir... Je réussirai bien à aborder le sujet avec une des femmes, avec Lisa qui me semble plus naïve, plus fragile. Avez-vous fait une recherche du côté de Nominingue et ce chalet de pêcheurs? Ce Maynar, qui est-il au juste? Vous voyez, il y a du pain sur nos tables. Aidez-moi un peu, si vous le pouvez. Si, comme je le pense, vous émargez à un de ces plantureux budgets des Affaires étrangères...

Un peu avant l'heure du souper, ambulance de nouveau chez les voisins du 328! On ramenait le Gustave. Je suppose qu'il devra garder le lit. Je m'arrangerai, après ma petite bouffe à pizza préfabriquée, pour aller innocemment prendre des nouvelles. Un événement: j'ai entendu chanter Alice I, toute petite voix haut perchée, en polonais probablement. Surprenant de voir chanter — j'ai assisté au petit concert de ma terrasse — cet enfant au visage si fermé, si triste. Il y eut salves d'applaudissements, on lui a fait reprendre le refrain. Je me suis joint au groupe pour lui adresser mes hommages et lui ai offert un lavis d'elle-même, croqué quand elle tentait de parler à l'écureuil hier. Elle m'a dit: «Merci monsieur.» Lisa-la-Blonde m'a fait un beau sourire. J'ai pris des nouvelles du mari: «Il va s'en remettre en deux ou trois jours, c'est un dur, un résistant vous savez.» Les trois femmes me racontent l'ondée qui les a trempées à fond et leur retour en catastrophe.

J'ai vu, plus tard, Éthel-Olive s'en aller dans la Buick

jaune avec ses bagages. Effusions, bises de part et d'autre puis Lisa et sa belle-maman sont rentrées. La petite suivait en chantonnant son air à succès, fièrement, très contente d'elle. Puis, plus rien. Le grand silence. Je suis allé marcher un peu. Marcher m'active les neurones. La pluie recommençait mais timidement, j'ai un imper bien «imper» et un petit chapeau de toile. J'ai tourné vers l'est à St-Viateur, pour me trouver devant la vitrine d'une boutique de linge pour enfants, où se tenait une petite assemblée. Des femmes. Une demi-douzaine de gamins et gamines et un seul homme. Lui, le prof Maynar! J'ai frappé dans la porte. Il m'a vu: beau sourire. Il s'est excusé auprès des dames et a fait déverrouiller la porte pour me rejoindre. Nous avons marché vers l'avenue du Parc.

Il a ouvert un immense parapluie. Il me semblait d'humeur un peu maussade, trait nouveau chez lui. Je lui dis: «Vous me semblez soucieux, vous pouvez me dire ce qui vous tracasse?» Il a grogné un peu, s'est éclairci la voix et m'a serré le bras: «C'est pas facile. Rien n'est facile. Je dois agir avec prudence.» Je ne disais plus rien, j'attendais la suite, je me demandais si mon prof avait décidé de se vider vraiment le coeur. Nous tournons le coin; malgré la pluie, il y avait pas mal de passants dehors. Il finit par enchaîner: «Oui, vous voyez, dans mon métier, on soulève une pierre, même un petit caillou, et ça grouille! Ça grouille là-dessous!» Silence de nouveau, puis, je dis: «Monsieur le professeur, quel genre de caillou?» Il s'arrête de marcher net et s'écrie: «Mais! L'Histoire, mon cher, l'Histoire. Avec un grand H!» Je souhaite en savoir un peu plus long, je demande: «Vous fouillez quelle période, quels personnages, ces temps-ci?» Il se met à marcher plus rapidement: «Une dictature toute chaude il y a pas si longtemps, aux Philippines. Marcos. La veuve Aquino.» Alors, vu le silence de nouveau, je fais: «Laissez-moi vous dire que vous faites un métier passionnant. Oui, j'aurais voulu avoir le temps de lire davantage en histoire, ça m'a toujours passionné, vous avez de la chance.» Il me dit à voix basse et grondeuse: «Ça ne fait pas toujours l'affaire des limaces quand on

74

soulève les pierres.» Je suis décidé à aller plus loin mais une Cadillac grise, bien rutilante, vient de stationner devant un restaurant grec et en sortent le couple d'en arrière du 326 : Longs Cheveux et Courts Cheveux, sa femme, puis, se soutenant d'une canne, Noble Chauve en personne!

Aussitôt le prof Maynar s'arrête, me lâche le bras et fait demi-tour me disant: «Je dois rentrer, excusez-moi monsieur Asselin.» Je le regarde filer de son petit pas énergique, puis il tourne le coin à St-Viateur vers l'ouest.

Eh oui, curiosité inutile allez-vous m'écrire, je suis entré chez le Grec à la suite de mes Flamands! Dans le petit hall-portique, mes voisins de la rue de l'Épée semblent ne pas me reconnaître. Mon chapeau? Quelqu'un les fait s'installer près d'une fenêtre. J'attends mon tour. Je n'ai pas faim mais quoi, j'ai un besoin instinctif de savoir un peu qui sont ces... Hollandais. On m'invite, hélas, à m'installer à une table fort éloignée d'eux. Tant pis. Eh bien, vous aviez raison, ces nouveaux voisins me semblent des gens sans histoire, le couple n'a pas cessé de se bécotter, de se «minoucher» et cela semblait ravir le vieillard à la haute stature. J'ai mangé sans grand appétit une petite brochette-mode-grecque. Mes Hollandais (?) ont mis du temps à choisir, ils doivent bien connaître la cuisine grecque. Le trio en était à une entrée décorée de poivrons rouges et verts quand j'ai payé. Je suis allé vers la sortie et j'ai cru bon d'aller m'identifier. Vous me le reprocherez je suppose? J'ai dit: «Je suis votre voisin d'en arrière, retraité. Je fais un peu de ménage. Pour un ami tombé malade.» Quand j'ai dit mon nom, Noble Chauve a dit: «J'ai connu des Asselin, il y a longtemps, ils étaient dans le pétrole en Alberta. Des parents peut-être?» J'ai dit: «Non, pas à ma connaissance du moins». Je leur ai souhaité bon appétit. Ça vous intéresse pas, je suppose, d'apprendre que ce sont des Flinsh, que Noble Chauve, de son vrai nom, Gunther Flinsh, est arrivé au Canada après la guerre, qu'il est retraité du domaine «Import-export». Le café surtout. Du Brésil. Il est le papa, «rentier», de Norman Flinsh, alias Longs Cheveux. Ils sont d'origine allemande.

Je suis rentré au 326 Querbes. La pluie avait cessé, une lune splendide ne brillait que par intermittence car de longs nuages gris circulaient rapidement dans le ciel d'Outremont. Ma rue m'a semblé si calme. Je m'attache vraiment à ce quartier, savez-vous. De plus en plus. Les arbres, vu la chaleur de ces derniers jours, semblent se retenir d'ouvrir leurs gros bourgeons enflés, prêts à éclater comme autant de petits éventails bien verts. En arrivant, Ringuet sur le trottoir en face de chez lui, causait avec Moustachu-Béranger. Je les ai rejoints. En me voyant, Béranger m'a dit : «Il y a quelqu'un qui s'intéresse à vous, m'sieur Asselin». Je lui ai dit : «Un petit court, moustache blanche, les yeux d'un bleu ardent?» Il me fait : «Oui, c'est ça. Très poli. Plutôt rieur.» Je le questionne aussitôt : «Que me voulait-il? Il vous l'a dit?» Il me répond : «Bah, c'était pas trop clair. Il m'a demandé si je vous trouvais encombrant?»

Béranger a ri. Ringuet aussi, et le malheureux dit aussitôt à Moustachu-Béranger : «Asselin a été longtemps un encombrant. Pas mal de criminels vous le diraient! Avouez-le, Charles!» Béranger a semblé tout surpris évidemment. J'aurais dû prévenir l'ex-camarade Ringuet de se taire là-dessus. Imaginez si Ringuet allait raconter aux voisins du 328 : «Ce Asselin a été un enquêteur de la Sûreté du Québec très longtemps!» Je serais foutu. Je guette le moment où je serai seul avec lui pour lui recommander la plus grande discrétion sur ma profession. Béranger continue : «Ce type, le petit nerveux aux yeux bleus, il m'a demandé aussi si le vrai proprio va venir s'installer bientôt. J'ai répondu que j'en savais rien. Au fait, vous le savez, vous?» Je regarde Ringuet : «Euh, oui, dans deux semaines environ. Il va beaucoup mieux maintenant.» Béranger s'est mis à bâiller et a dit : «Je rentre, les nouvelles télévisées. Après je me couche.» Je lui dis : «On ne voit pas souvent madame Béranger?» Il répond : «Ma femme, vous l'avez bien vue, elle est pas mal plus jeune que moi. Elle travaille au CLSC de la rue Amherst, paroisse Ste-Catherine! C'est le quartier de sa jeunesse.»

Seul avec Ringuet, je tousse, je cherche comment le mettre — juste un peu — au parfum. Je lui dis : «Écoute mon Jean, euh, tu peux garder un secret? Tu as l'habitude, notre ancien métier. Je souhaite qu'on ne sache pas qui je suis au juste.» Je lui ai dit que je me faisais passer pour un agent d'assurances retraité, qui s'adonne à l'aquarelle et qui dépanne un ami en faisant du ménage. Il m'a dit: «Secret garanti. Tu peux me dire de quoi il s'agit?» Là chère madame M., j'étais mal pris. Comment avouer que vous m'engagez pour fouiner vaguement, comment lui avouer que je savais rien de ma propre «affaire»? Ma vanité!

Enfin je lui jette, pour l'embrouiller un peu: «Silence là-dessus, c'est un petit contrat. Pour le fisc. Ils soupçonnent l'ami Béranger de commercer discrètement sans rendre des comptes d'impôts honnêtes.» Il a paru fort surpris. Il m'a tiré la manche, je voulais rentrer: «Voyons Asselin, je le connais assez bien. Notre homme vit aux crochets de sa femme, c'est la vérité. Il n'est pas en bonne santé. Il passe son temps devant son téléviseur. Je peux pas croire que ça m'aurait échappé. Dans quel commerce peut-il être plongé?» Je m'en vais en lui disant: «Je le saurai justement. N'oublie pas, je ne suis qu'un retraité des assurances, Ringuet.»

Quand il a ouvert sa porte, j'ai entendu des petits cris chez lui, il s'est empressé de rentrer. Son singe? Ses chats? Un perroquet? Sais pas! Maryse, sa femme, l'appelait: «Au secours! Toi et tes bestioles!»

Soirée plutôt calme hier au 328. Rien de spécial à signaler. J'ose à peine vous parler des Flinsh d'en arrière, je vous dis pourtant que Noble Chauve, Gunther, va habiter chez son fils. Avant de me coucher, je l'ai vu dans une luxueuse robe de chambre blanche, sur le petit balcon de l'étage, examinant le firmament, faisant quelques gestes de gymnastique, il aspirait bruyamment l'air trempé de pluie récente. Les bras posés sur la balustrade, il donnait l'image, encore une fois, d'un empereur romain contemplant les jardins de son château en Italie!

Écrivez-moi un peu plus souvent. Si mon butin est décousu ou peu concluant, ne vous en prenez qu'à vous, grande cachottière.

P.S. : J'oubliais, est-ce à cause du Gustave convalescent, on a réinstallé le divan-lit dans la mini-serre de l'étage du 328. Et j'ai vu, en silhouette fort discrète, Lisa-la-Blonde, en robe de nuit, s'y installer. Elle s'est mise une toute petite lampe-réflecteur. Elle a lu avant de s'endormir : *Les durs ne dansent pas*. Elle achève ce roman. Détail insignifiant pour vous agacer un peu plus. Le couple fait donc chambre à part, comme on dit. Une querelle? Non, je le répète, la cause doit en être cette crise du coeur chez mon Balafré-Gustave. On a sans doute recommandé la tranquillité la plus absolue pour cet homme ayant subi un troisième infarctus. À bientôt. Écrivez!

P.P.S. : Encore une fois, oui, vous l'aurez remarqué, je prends goût à mes «rapports-rédactions»; au cours de ma longue carrière d'inspecteur de police, on m'a toujours fait comprendre qu'il était utile de faire court, des faits, des indices, des preuves... notre contrat un peu bizarre m'amène donc à cette découverte : j'aime autant écrire que peindre ma foi! L'étrange et intrigante «faune littéraire» doit se le tenir pour dit, désormais!

Ch. A.

VIII

Du nouveau. Du grave. Hier matin, bruits de portières qui claquent côté rue. J'y accours. Police et morgue!

C'est bête, j'ai songé d'abord à la petite Alice. Celle qui pleure si souvent la nuit, qui a ce visage si douloureux. Mais non! J'ai songé aussi à Alice Ridée, son grand âge, ses mains qui tremblent... Eh bien non! Qui est mort? Notre Balafré! Oui, Gustave a été mis dans le fourgon de la morgue. La voiture des policiers est restée stationnée long-temps. On questionnait la jeune veuve? Quelle histoire! J'allais en avant, en arrière. Rien. Évidemment, j'imaginais les larmes... Béranger découvre le branle-bas policier. Il m'a demandé ce qui se passait, je lui ai dit: «C'est monsieur Paszansko, le coeur sans doute!» Il a branlé du chef lon-guement et il est entré le caquet bas comme s'il venait de perdre un intime. Je suis hésitant sur ma conduite. Je me fais à déjeuner. Je me questionne: devrais-je y aller? Tenter de réconforter Lisa? La vieille maman? M'offrir pour garder la petite? Je mange sans grand appétit mon oeuf frit, mon bacon, mes rôties, je bois café sur café.

Est-ce que cette nouvelle de dernière heure change tous vos plan?

Je me décide, un coup de fil chez mes Polonais, j'offre mes services, de garder Alice la petite... C'est Éthel, mon Olive frisée qui m'a répondu: «Merci. Tout va se régler. Lisa s'en va. Elle est un peu en état de choc. Elle aimait beaucoup son mari. Elle dit déjà qu'elle va mettre en vente le logis. Merci, ne vous dérangez pas, on va se débrouiller». Il est venu du monde. Toute la journée. Des inconnus. Des hommes surtout. Ci-joint les numéros des plaques de ces autos pleines de gens tristes. Au cas où... J'ai un peu honte. Épier ainsi à l'insu des gens me fait mal ici, c'est pourtant depuis toujours mon métier. Je ne vous le répéterai plus: ce qui m'agace, c'est l'ignorance dans laquelle vous me tenez quant au fond de ce fouinage policier.

Je ne vous cacherai rien, tenez, j'ai pris contact avec le directeur Dubreuil. Je n'en pouvais plus avec ce deuil d'à côté. Ne vous énervez pas, chère madame, le directeur métropolitain de la SQ n'a rien pu me dire au sujet des Pasznansko. Des dossiers absolument vierges! Il m'a souhaité bonne chance et j'ai senti dans sa voix un peu de raillerie. Pas drôle de travailler à la pige.

Le lendemain: grand silence à côté. Plus personne. Où sont-ils tous? Je ne sais pas. La maison semble vide. L'écureuil le sait? Il est venu manger des miettes sur la terrasse du 328. J'ai pu le «croquer» à mon goût, au fusain.

En plein après-midi, un homme avec une jolie dame, très rousse, sont venus examiner le cottage, le 328. Puis, l'homme a sorti un panneau de son coffre de voiture et l'a planté dans le parterre. Eh oui, pauvre Marlène-d'Ottawa, c'est clair, c'est écrit en jaune sur blanc: *Maison à vendre*. Croyez-le ou non, j'y réfléchis: le quartier, je vous l'ai dit, me semble idéal. Je suis donc sorti et j'ai carrément dit à la jolie rousse: "Ça m'intéresse. Des amis viennent habiter bientôt le 326 où je fais un peu de ménage, c'est combien?» Oh la la! Je crois bien devoir garder ce loyer rue St-Hubert et Cherrier. C'est $140 000, le 328. Ça vous intéresse, vous le prenez? Vous avez les moyens, je gagerais. Mes honoraires pour ce simple travail de fouineur me prouvent que l'argent n'est pas un problème pour vous...

Alors il faut m'écrire n'est-ce pas? Je rentre chez moi? Je regrette beaucoup mais il n'y a plus rien à surveiller rue Querbes. À bientôt oui ou non?

P.S. : Eh bien, je me trompais, c'est pas fini... En soirée qui s'amène? Ce cher Lech le grassouillet rôdeur de ma cave se frottant les mains une dans l'autre. Il est devenu tout gentil. Il s'excuse vaguement de sa visite non sollicitée dans ma demeure et me dit : «Comprenez une chose, c'est vous qui avez déclenché ma suspicion, oui, cette histoire du garage avec votre voisin M. Béranger. Vous ne m'en voulez pas trop?» J'ai pardonné, évidemment. Je me suis accusé d'être un peu maniaque, disant : «Vous comprenez avec ce job que j'avais, inspecteur pour des assurances...»

Lech m'annonce qu'il va s'installer au 328 jusqu'à ce que le cottage trouve un acheteur. Avec son Olive-Éthel. Il me dit qu'Alice II reviendra un jour pour me faire ses adieux et qu'elle espère recevoir les croquis faits d'elle. J'approuve. Il me dit aussi que la petite Alice a parlé de moi, qu'elle m'appelle: «l'atisse», pour «artiste». Eh bien, la vérité sort de la bouche des enfants, c'est un fait : je suis un artiste incompris. J'aurais voulu devenir un vrai peintre... L'existence a fait de moi seulement ce "voyeur" de la vie des autres. Une sorte de secrétaire tâtillon qui épie les existences déroutées. Qui rédigeait et qui rédige encore des rapports. Hélas!

Oubliez donc ma dernière question. Je reste, je suppose? Ou bien allez-vous m'envoyer en Floride?... Car ma blonde Lisa, sa fillette et belle-maman ridée, paraît-il, vont aller s'installer un grand bout de temps à Tampa ou à Clearwater, je ne sais plus trop. Êtes-vous aussi intéressée au couple Lech-Éthel? Vite, répondez-moi car, dans sa dernière missive, ma chère Rolande annonce qu'elle va quitter bientôt ces Îles-de-la-Madeleine où les vents sont de plus en plus forts.

Ch. A.

IX

Grand merci pour ce «*special mail delivery*» d'Ottawa ;
ainsi je dois rester? Bien. Hier matin, le calme encore au
328. J'ai vu le couple Lech-Éthel remplir la camionnette de
boîtes. Pas bien lourdes, notre Olive toute frisée en portait
parfois trois, une sur l'autre. Des tabliers brodés? Ils sont
partis livrer tout ce stock Dieu sait où. Le doux soleil d'avril
luisait pleins feux. Je croque un bon sandwich, tout garni, et
qu'est-ce que je vois côté garage des Polonais? Eh oui, il
faut bien que je vous en parle, Cheveux Longs, oui, Norman
Flinsh et Noble-Gunther-Chauve. Quel culot? Ils font le tour
du garage, examinent les portes, les sondent même. Je sors
quand je vois qu'ils vont aller faire le tour du cottage à
vendre. Je tousse, verre de bière à la main. Je dis : «Vous
êtes intéressés, messieurs?» J'ai pris un bon sourire de
voisin placide et tout. Le jeune Flinsh a sursauté, le vieux
continue à examiner les murs de briques du cottage, l'oeil
expert. Norman me dit : «Ça se pourrait. Nous avons des
amis qui aimeraient habiter Outremont.» Ils s'éloignent. Je
vais à l'avant, je sors dans la rue. Je dis : «Voulez-vous que
je vous présente ceux qui habitent au 328 en attendant la
vente? Aussitôt Noble-Chauve, canne ciselée à la main tire
la manche de son fils lui aussi devenu inquiet. Je continue :
«Ils vont revenir bientôt, ils livrent des marchandises. Je
peux leur dire que vous êtes intéressés.» Norman s'éloigne
me disant : «Non, non, ce serait pas assez grand, nos amis

ont trois enfants, en attendent même un quatrième. Inutile d'en parler. Merci quand même.» Il casse son français, a un accent... disons très accentué. Soudain, il revient vers le 326 et dit: «Qu'est-ce que c'est que ces marchandises qu'ils ont?» Je ne sais que répondre. Il s'en retourne, soutenant son vieux papa à la canne. Ils prennent la courte ruelle au nord, disparaissent de ma vue rapidement.

Vous me répétez les mêmes choses, comme si Gustave et sa Lisa habitaient encore le 328: *Bien surveiller faits et gestes des habitants de ce cottage.* Ainsi, j'en déduis que vous ne savez pas grand chose vous-même. Ainsi, je me dis que Gustave ou Lech, même combat? Lisa la blonde ou Éthel la noire, même histoire? Ah que je suis excédé de votre mutisme, madame!

Du nouveau encore? Oh oui! Soudain, au milieu de l'après-midi, voilà mon ex-collègue Ringuet, le vétérinaire d'occasion, qui surgit dans ma cour où je prenais un bain de soleil en attendant le retour de mon écureuil que je tentais de croquer à l'aquarelle. Il est surexcité: «Venez m'aider! J'ai besoin de vous, Charles.» J'y cours. Chez lui, étendue sur son divan du salon, nulle autre que l'Éthel de notre Lech! Elle semble hors d'elle-même. Je vais à son chevet: «Que se passe-t-il? Avez-vous besoin de mon aide?»

Éthel balbutie déjà des excuses, parle de s'en aller mais n'en finit plus de bredouiller de façon sybilline: «J'en ai assez. Tout cela nuit à ma santé. Je voudrais aller vivre ailleurs...» Vous voyez le genre? Je tente d'être discret sans l'être: «Madame, de quoi parlez-vous? Qu'est-ce qui vous tracasse ainsi? La mort de Gustave? Cela vous accable à ce point?» Rien à faire. Ni Ringuet, ni moi, ne sauront au juste pourquoi cette femme est venue soudainement se réfugier chez mon voisin d'en face. Mon vétérinaire du dimanche a tenté d'éloigner ses chats, de faire taire ses perruches. Et il a resservi un peu de cognac à Éthel.

L'épouse de mon ex-collègue travaille encore. Comme enseignante, si j'ai bien compris. Loin, dans un collège privée de Montréal-Nord. Marie-Victorin, je crois. Lui, il semble dépassé, se tord les mains quand Éthel se remet à pleurer à chaudes larmes et se lamente sur son sort.

Si j'étais libre... Je lui aurais dit : «Madame, je suis chargé d'enquêter à votre sujet, aussi bien me dire ce qui se passe, ce qui vous énerve à ce point?» Mais non, à cause de vous, et de vos mystères, je me contente de tourner autour du pot. Je lui dis tout bas : «Vous pouvez me faire confiance madame, je garderai le secret si vous voulez. Soulagez-vous. Par quoi, au juste, êtes-vous si troublée?» Hélas, la camion-nette de Lech se ramène. Il entre chez lui. Il sort. Il cherche des yeux. L'ami Ringuet, bon apôtre, s'empresse d'aller lui crier de son balcon que sa femme est ici, chez lui. Lech traverse. Une trombe! Il semble hors de lui. C'est étonnant mais aussitôt qu'il est auprès d'elle, voilà que cette Éthel survoltée se calme subito presto! Elle le suivra. En partant, elle n'en finira plus, soutenue par son compagnon, de s'excuser. Elle parle de ses nerfs qui ont craqué. Elle aimait tant Gustave. Fin de cette aventure.

Quand je veux repartir, Ringuet me retient, me fait rentrer de force et m'accable de reproches : «J'ai rencontré le directeur Dubreuil ce matin au centre commercial Rockland et on a parlé de toi. Qu'est-ce que c'est que ton histoire de faire du ménage? Il m'a dit que tu enquêtais et pas du tout à propos de Béranger et le fisc, que tu voulais percer l'identité de ceux du 328?»

Oh la la, je ne savais plus trop comment me sortir de ce piège. J'ai bafouillé un peu, je vous l'avoue. J'ai dit : «Écoute Ringuet, c'est une affaire privée. Je pouvais prendre un petit contrat facile. Les gens qui vont venir habiter ici sont de grands malades. Très riches. Ils ont voulu s'assurer que le coin était calme. Ultra calme.» Il m'a regardé d'un drôle d'air. Je crois qu'il n'a pas avalé cette couleuvre et que dorénavant je serai un inspecteur à la retraite surveillé par un autre inspecteur retraité. Tant pis? Évidemment, vous ne serez pas contente. «C'est les avatars du hasard», répétait jadis un de mes vieux chefs de district à la police des juvéniles.

Juste avant l'heure du souper, j'ai vu encore Ringuet,

installé dans une de ses chaises du balcon d'en haut en grande conversation avec le voisin (temporaire) Lech. J'ai supposé évidemment que Rondouillard était allé s'enquérir sur les propos échangés entre Ringuet et sa compagne. Je sirotais un apéro, mon cher pastis, j'observais les réactions. Si j'avais pu lire sur les lèvres comme les sourds... Le soleil couchant, décor théâtral, éclairait vivement ce balcon d'en face ainsi que tous les étages des maisons du côté ouest. À un moment donné ce fut les éclats de rire. J'ai compris alors que le Lech était satisfait. Qu'il avait compris que sa maigrelette frisée, Éthel, n'avait rien dit de compromettant. Ringuet l'a accompagné, un chat dans chaque bras, content de lui apparemment. Mais je le soupçonne d'avoir tenté de lui arracher comme on dit les vers du nez. Il doit être si intrigué d'avoir appris que j'étais «en devoir», ma fable des riches-grands-malades n'ayant pas semblé coller bien solidement.

Lech fonce directement chez moi! Je lui offre du pastis. Il refuse. S'asseoit à mes côtés. Mais je l'invite à ma terrasse d'en arrière. Je suis un héliotrope, fou du soleil, même couchant. Il accepte, et même, cette fois, le pernod aussi. Je fonce, je lui dis carrément: «Votre compagne m'a semblé hors d'elle-même, vous savez?» Il m'a regardé longuement en silence. Il a fini par dire: «C'est une femme qui a beaucoup souffert. Beaucoup. La mort de Gustave l'a assommée.» Je ne me contente pas de ce bavardage et je fonce encore: «Il y a autre chose, c'est évident. Elle est troublée et elle m'a confié «en avoir assez», oui, ce sont ses propres paroles. Elle a dit: «Tout ça nuit à ma santé.» Le voisin m'a semblé très intéressé. Il m'a dit: «Qu'est-ce qu'elle a dit encore?» Je fais le malin: «Des choses curieuses, c'est comme une obsession, la crainte de se faire prendre. Comme si quelque chose allait mal tourner.»

Il a bu. Silencieux longtemps. Il a dit ensuite: «Elle a trop d'imagination. Il lui a fallu déjà une cure, une thérapie. Il ne faut pas croire tout ce qu'elle dit. Elle est en état de crise. Je songe à contacter de nouveau son médecin, un excellent psychiatre.» Il s'est levé la mine sombre et sans doute inquiet de ce que je pouvais avoir appris. Il est allé enjamber la balustrade séparant nos balcons. Il m'a remercié pour l'apéro avec un faux sourire angoissé. Je me suis retenu de lui parler de cette visite des Flinsh de la rue de l'Épée. Avant de rentrer, il m'a dit : «Nous songeons à "peut-être" acheter ce cottage. Si seulement Lisa acceptait d'en abaisser le prix. C'est cher. Trop cher pour nous!»

Puis vers six heures et demi, je décide que j'ai le goût de ces "smoked meat" de mon jeune temps quand j'avais l'estomac plus solide et que je pouvais m'empiffrer de cette viande fumée que je commandais "gras" chez Ben's.

Je marche rue Bernard me dirigeant vers l'auvent jaune citron de *Chez Lester*. Décoration d'antan, d'une modestie réelle. Ça sent bon. Je m'installe dans un coin du restaurant «kasher» et je vois s'amener le petit vieux si alerte, la petite moustache blanche, les yeux bleus toujours rieurs, lui, Maynar. Il lève les bras, tout heureux semble-t-il de me revoir : «Quelle douceur dehors, n'est-ce pas? Quel calme partout!» Il s'installe à mes côtés. Nous commandons nos sandwichs, avec des cornichons à l'aneth et du coca-cola. J'ai vingt ans de nouveau. Ce prof, ex-Crésus, me rend léger. Je le taquine sur la visite à mon sous-sol... Il rigole : «C'est mon ami Gustave qui m'avait parlé de votre enquête dans son garage!» Je crois lui annoncer la mort de ce dernier mais il rétorque aussitôt : «C'est un peu sa faute, le coeur ne supporte pas trop de rancune. Ni trop de remords d'ailleurs. Le goût de la vengeance comme le poison de la culpabilité, ça ne pardonne pas. Il faut vivre tourné vers demain. Ne vivre qu'au présent et songer à demain. Le passé est trop lourd pour certains humains. Vous voyez c'est un historien, un archiviste qui vous cause, mais moi je tricote au passé, je ramasse, je brode le passé, je collige les éphémérides, je fais l'addition et puis je continue. Ça ne me laisse aucune trace. Le passé n'est qu'un amas de cadavres pour moi. Le passé, même pas très lointain, je le regarde comme un archéologue examine une ruine antique, le fuyard Marcos ou Duvalier, ou un tombeau du temps des Pharaons, c'est la même chose pour moi.»

Maynar mange goulûment. Quelle santé! Il me dit son âge : soixante-dix-neuf ans. Incroyable! Quelle énergie chez ce court bonhomme aux gestes vifs, à la parole claire et nette, aux idées toujours optimistes. Quand je lui dis : «Le 328 est à vendre maintenant», il me dit : «Lech et Éthel devraient partir, aller ailleurs, tout ça nuit à la bonne santé.» Les mêmes mots que chez Olive-Éthel. On dirait qu'il regrette ses dernières paroles, il change vite de propos. Alors je lui raconte cette crise de nerfs chez Ringuet. Il ne commente pas, devient songeur quelques instants. C'est clair : il refuse de me mêler à cette histoire. Comme vous, chère M.!

Nous sortons. Il hume l'air du soir avec délice. Des passants marchent vers les restaurants de la rue, le réputé cinéma Outremont, les boutiques. C'est une soirée chaude pour la mi-avril. Vraiment bienfaisante. Maynar me dit, marchant toujours de son pas alerte : «C'est bientôt fini votre travail de nettoyage?» Je ne me rappelle pas lui avoir parlé de mon "mensonge". Je dis : «Oh, je vais lentement, je me livre aux démons de l'aquarelle surtout.» Alors c'est un fameux discours sur l'art des Impressionnistes, héritage de l'art oriental, des gravures japonaises. La délivrance du réalisme si plat des Corot et des Courbet. Le professeur a repris vie. Il disserte peinture actuelle, me parle d'une marche en avant vers un art qui n'est que lumière. Je constate qu'il sait tout de cet art des Manet, Monet, Degas, Renoir et cie. Tout.

Une des "frisettes" de M. Béranger vient l'accoster soudain. Je reste à l'écart. Ils se parlent, sans doute en hébreu, qu'en sais-je? Maynar s'excuse, son visage s'est empourpré des propos de l'Israélite... Il part avec lui, en vitesse.

Je marche vers le 326. Je hume l'air du soir, à plein poumons. Avant d'arriver coin St-Viateur, dans les jardins d'une sorte de couvent-collège, un prêtre ramasse les détritus découverts par les neiges enfin fondues. J'ai appris qu'il y a dans ces bâtiments de vieux pères de St-Viateur et je me retiens d'y entrer pour tenter de retrouver, peut-être, un de ces religieux de ma petite école, à qui je dirais : «je me confesse à vous, mon révérend, je suis un grand pécheur. Je me cache. Je me dissimule. Je joue un jeu. Je regarde vivre des gens et, à leur insu, j'écris sur eux. Je fais des rapports pour une inconnue qui me paye en retour pour mes indiscrétions, ma divulgation... Donnez-moi une pénitence.»

Je déverrouille la serrure suédoise de mon logis, j'entre et je découvre, tenez-vous bien madame, une note griffonnée sur une large feuille de papier jaune. Aussitôt, je me dis que vous êtes en ville, que vous avez éprouvé le besoin de me revoir, sans doute pour une communication urgente. Pour «faits nouveaux» comme on dit dans mon métier. Ou pour me congédier brutalement... Mais non, chère madame, il y a une (ou plusieurs) personne(s) qui possède(nt) copie de la clé du 326. La note est signée : *Une qui vous veut du bien.* En voici le contenu, un message pas très cordial, jugez-en :

Monsieur l'inspecteur en assurances diverses, un bon conseil, allez faire de la peinture à l'eau ailleurs. L'ouvrage de réparation que nous devons accomplir ne peut souffrir d'aucun témoin gênant. Nous savons qui vous paye, c'est un argent pourri, sachez-le. Vite, disparaissez des alentours. Et c'est signé. Anonymement comme je viens de vous l'écrire.

Quand Lech-Rondouille et Maynar-Yeux bleus furetaient dans ma cave, je m'étais dit : ma faute! Je laissais la porte arrière débarrée. Mais, depuis cet incident, je prends garde de tout fermer chaque fois que je sors. Donc, oui, on possède copie de la clé du 326. Qu'en penserez-vous? Je tarde à m'endormir, hier soir. Je jongle beaucoup : de quel argent pourri a-t-on voulu me parler? Êtes-vous une voleuse? Une receleuse? Diable, suis-je le salarié d'une pègre quelconque? Vous allez comprendre que mon passé sans tache jusqu'ici ne peut souffrir d'une pareille accusation. Devrais-je rompre le contrat qui nous lie? Je ne suis pas tranquille. Aussi, c'est une sommation, chère patronne, il va falloir une explication. Au moins celle qui va me faire comprendre la raison profonde de cette demande de surveillance-de-résidence. Sinon, je ne peux plus vous garantir mes services.

Depuis maintenant plus de quinze jours que je vous livre des tas d'observations, disons en vrac, que je m'étonne moi-même de ne pas avoir pu découvrir l'objet de mon travail de limier rue Querbes. C'est énorme à supporter. Vanité? Ça se peut. Quoi qu'il en soit, ce matin, ciel orageux au-dessus d'Outremont, je suis un homme bien décidé à exiger de son employeur (vous) une affectation avec des motifs clairs.

P.S.: J'allais m'endormir enfin quand, vers une heure du matin, des bruits divers me mettent en alerte chez les voisins. Je vais voir, côté rue: il y a un petit rassemblement. Quatre hommes. Ils vident la camionnette grise. Des meubles. Un des quatre arrache le panneau *Maison à vendre*, le jette sous le balcon. Lech aide au transbordement du mobilier. A-t-il décidé d'acheter le cottage? Un peu plus tard, je vois que l'on remplit maintenant le camion avec des meubles que l'on sort en vitesse. Ceux des Pasznansko? De Lisa et de feu Gustave? J'avais hâte, ce matin, de rencontrer un membre du couple, pouvoir apprendre qu'ils ont acheté, mais personne ne s'est montré ni en avant où j'ai bu mes cafés, ni en arrière où je suis allé arroser mes plantes suspendues un peu partout sous le plancher du balcon-solarium d'en haut; il y a ce temps menaçant, évidemment. Je vous rédige donc le présent rapport sans savoir de quoi il retourne. Mais n'oubliez pas: on peut entrer chez moi (chez vous) et on me prévient de fuir au plus tôt. Cet «argent pourri» m'intrigue énormément! J'aime bien l'argent. Propre.

Ch. A.

X

J'ai relu dix fois votre missive livrée par courrier express et recommandé. Vous me dites : «Je m'arrangerai pour vous rencontrer bientôt à Montréal.» Bonne chose, j'espère que ça va se faire très bientôt. Et puis, je comprends que vous puissiez être méfiante côté «échange de correspondance». Ainsi, il se peut bien que vous soyez vous-même épiée, espionnée, qu'on ouvre vos lettres. Qui? Si vous m'avez embarqué dans une histoire «pas catholique», je suis devenu moi aussi un «cas», quelqu'un que l'on surveille peut-être tout autant que vous. Cette hypothèse, vous le comprendrez facilement, me tape sur les nerfs. Quoi? L'ex-loyal inspecteur de la Sûreté, Charles Asselin, mêlé à une affaire sordide? Oh la la! que je ne vous pardonnerais jamais une telle éventualité. Je dois vous avertir une fois encore. Enfin, je relis vos commentaires : *Faites vite changer la serrure, envoyer note de frais.* Eh bien c'est fait déjà, croyez-moi, je n'ai rien eu de plus urgent à faire hier, malgré l'orage électrique qui a arrosé la métropole et coupé le courant en maints secteurs de plusieurs quartiers.

Je vous relis encore : *Vous avez raison d'observer aussi les nouveaux venus derrière le 326. Je tiens à vos impressions sur eux maintenant.* Bon! Changement de cap? Devrais-je exiger une augmentation pour double charge? Probable que vous n'avez pas lu encore mes dernières exigences puisque vous me laissez dans le brouillard. J'aurais dû être plus méfiant au tout début, lors de notre rencontre à cet hôtel du centre-ville. Je me souviens maintenant mieux : votre refus catégorique quand je vous ai dit : «Pourquoi nous écrire? On pourrait se téléphoner?» Vous me répondiez : «Pas question. Pas de téléphones.» La ligne du 326 est probablement sur écoute policière? Ou trafiquée de telle sorte que ceux du 328 captent tout, mes appels de vieil amoureux transi faits aux Îles-de-la-Madeleine à ma tendre compagne? Tant pis. Moi, je n'ai rien à cacher. Mais vous? Inutile de vous dire que j'ai hâte de savoir si vous allez obtempérer à cette demande d'explication supplémentaire faite dans un récent rapport.

Bon. Hier, journée ensoleillée après la tempête. J'ai des nouvelles banales pour vous. Un peu avant midi, le Rondouillard, Lech, m'annonce enfin qu'il va acheter le cottage, le 328, qu'il y a vu une sorte de «bargain», qu'il songe déjà à le revendre après qu'il aura fait faire certaines améliorations côté cuisine et salles de bain, bref qu'il l'a eu pour un bon prix mais après avoir discuté longuement avec Lisa, la veuve du Balafré. Tant mieux pour lui. Je découvre qu'il y a toujours des gens intéressés à faire des calculs, des profits. Cela pourtant me surprend chez ce gras petit bonhomme toujours si sérieux, si "rentré en lui-même." Il n'a rien du type spéculateur-toujours-aux-aguets. Ça m'apprendra à juger sur les apparences. S'amènent sur son balcon arrière et Alice I, et Alice II. La grand-maman est toute souriante, la petite fille toujours sérieuse. Ah! ce petit visage fermé. Sa bonne bouille de boudeuse perpétuelle.

Je suis allé chercher mes meilleurs croquis et esquisses, de son auguste personne. Je lui ai offert le paquet en cadeau de séparation. Elle m'a semblé ravie et n'en finissait plus de me remercier, même si elle n'en a pris que quatre ou cinq. J'ai su qu'elle allait bientôt partir avec Lisa pour se faire dorer la peau ridée quelque part au bord du golfe du Mexique. Elle m'apprend que Blondinette se remet plutôt mal de l'épreuve, elle va jusqu'à me confier que le Balafré, son fils Gustave, n'était pas facile à vivre pourtant. Mais l'amour, l'amour!

Elle m'a autorisé à hisser la gamine sur ma terrasse où je l'ai laissée barbouiller à sa guise sur de larges feuilles blanches. J'ai toujours aimé les gribouillis enfantins. J'ai remercié la fillette pour chaque «peinturlurage» et cela la stimulait. Elle m'a gâché douze feuilles en peu de temps, m'a offert l'ensemble de ses graffitis innocents avant que je la transporte chez elle. Lech, déjà, cogne, arrache des pans de mur entiers dans sa cuisine. Il vient parfois respirer sur la terrasse, sueur au front, pince-monseigneur accrochée à la ceinture; aux mains, gants de travailleur en cuirette, salis déjà. Il semble moins taciturne, ma foi. Fait inusité, j'ai entendu chantonner la noire Éthel, mon Olive frisée. Elle décolle du papier tenture dans la salle à manger et lance tout cela par la fenêtre. Elle aussi, de temps en temps, vient prendre un bol d'air. C'est vraiment une journée radieuse comme avril sait en fournir chaque année. Les bourgeons des arbres, des longs chèvrefeuilles de Béranger comme du vieux lilas de la cour grossissent à vue d'oeil. Et me voilà tout heureux d'être là. Inutile, apparemment. Je constate que je suis vraiment payé à ne rien faire. Je tente d'oublier mon rôle, cette fonction, si stérile à mes yeux, d'espionner des gens qui sont les plus simples et les plus gentils du monde.

XI

À l'heure du lunch, je m'apprêtais à aller bouffer à la fameuse Pizzaiolla de la rue Hutchison. J'avais vu Olive, en avant, donner un gros panier de vivres aux deux Alice. Ce fut des bises et des mamours à n'en plus finir entre les deux femmes, Alice I semblait très contente d'aller avec sa mamie en pique-nique comme dans le temps, avant la mort de son papa cardiaque. La vieille dame m'a fait des bye-bye chaleureux... Je n'allais plus jamais les revoir de ma vie!

En revenant de dîner (je m'étais longuement attardé dans deux galeries d'art de la rue Laurier et chez le libraire Hermès), je découvre un attroupement devant le 328. Une voiture de police, clignotants en action! La porte ouverte chez Olive-Éthel et Lech. Je hâte le pas. Je ne peux croire qu'il y aurait encore un accident chez eux. Jean Ringuet et M. Béranger sont sur le balcon de ce dernier et j'y grimpe. Ringuet me dit aussitôt: «C'est affreux, on m'a parlé d'empoisonnement.» Béranger tripote nerveusement sa moustache sel et poivre, il ajoute: «Deux morts!» Je dis: «Non? Le couple? Éthel et Lech?» Ringuet rétorque aussitôt: «Au parc, là-bas, les deux, la grand-mère et la petite fille. Empoisonnées! Mortes.»

Ça m'a donné tout un coup! J'avais envie de vomir. Je refusais l'idée même. J'imagine votre désarroi en apprenant cela. Me voilà vraiment bouleversé. Cette vieille femme au visage si émouvant, cette gamine à l'allure toujours si

95

abattue comme si, déjà, elle portait le sort du monde sur ses épaules. Et puis, je me disais que je venais de faillir à ma tâche. Oui, je me disais que c'était probablement cela que je devais empêcher, la mort de cette grand-mère et celle de la petite. Je suis entré chez moi en proie à une détresse totale. Je me préparais à démissionner de cette tâche que vous m'aviez confiée. Et puis je me suis dit qu'il y avait de votre faute, qu'il aurait fallu me préciser, me dire très clairement : «On va vouloir attenter à la vie de cette vieille dame, ne la quittez jamais des yeux...» Mais non! Je tournais en rond dans mon logis, verre d'eau de Vichy à la main. Je ne savais plus quoi faire. C'est alors qu'on est venu sonner à ma porte.

Un grand gaillard, verres fumés, est là. Je le connais. C'est un certain Jean Brigadier. C'est un jeune inspecteur à la S.Q. J'ai travaillé avec lui, il n'y a pas très longtemps, dans le Maine, aux USA. Je n'aime pas beaucoup ce jeune ambitieux. Hier, il m'est apparu d'une arrogance criante. Il a joué encore le super-flic de cinéma. Il m'a dit d'entrée de jeu : «Mon cher monsieur Asselin — il essayait de me tutoyer et de m'appeler Charles dans le Maine — si vous ne voulez pas vous attirer des ennuis graves, il va falloir tout nous révéler sur ce petit contrat ici, rue Querbes.» Vous voyez le genre? Le ton y était. Je me suis fait un pastis, avec très peu d'eau. J'en avais besoin. Un instant, j'ai failli tout lui dire. J'ai hésité. Je n'ai guère confiance en cet échalas prétentieux. Je soupçonne même le directeur Dubreuil de me l'avoir envoyé pour le contrôler et aussi pour le faire travailler utilement sur cette affaire d'empoisonnement.

Je lui ai dit, en cachant bien mon mépris pour ce fat plutôt intolérable : «Brigadier, d'abord, vous me dites ce qui s'est passé et aussitôt après je vous révèle tout ce que j'ai appris depuis que je suis ici.» Il raconte. Au parc une femme affolée qui téléphone en pleurant à son voisin, rue Pagnuelo. Voisin qui n'est nul autre que le premier ministre. L'épouse de ce dernier met aussitôt cette femme surexcitée en contact avec le directeur de la Sûreté, Dubreuil. S'amènent aussitôt et la police d'Outremont et ce Jean Brigadier de la S.Q. Vu la gravité de ce double empoisonnement, je n'ai pas de mal à imaginer que l'enquête est aussitôt confiée à la Sûreté. Brigadier continue: «Vers midi et demi, cette dame Ricet, juge de son métier, aperçoit une fillette qui s'amuse, pieds nus, dans une rocaille le long d'un étang que l'on est en train de remplir avec des boyaux de la municipalité. Elle craint de voir la gamine se blesser et cherche du regard qui l'accompagne. Dans un talus pas loin, elle voit un couple de vieillards. Elle s'y dirige pour savoir s'ils accompagnent la fillette de l'étang. En la voyant s'approcher, le vieillard déguerpit. Elle a l'impression qu'il se sauve. En voulant parler à la vieille dame, celle-ci s'écroule, tombe sur le dos dans l'herbe humide. La femme juge se penche sur elle, la secoue un peu. Rien! Les yeux révulsés, la bouche tordue, cette femme est morte! Quand elle veut retourner vers la gamine, celle-ci est étendue sur le dos. Raide morte, elle aussi! Imaginez son affolement. Elle cherche des yeux, le vieux qui semblait fuir. Plus personne autour. Elle court vers sa voiture, où il y a un téléphone cellulaire, fait son appel à la résidence de ses célèbres voisins.»

Brigadier refuse un verre de pastis, je lui sers une bière. Il se promène de long en large dans le salon et la salle à manger, ne touche pas à sa bière et prend la voix de celui qui va dominer entièrement la situation: «Premières constatations, Asselin, cyanure de potassium.» Je songe aux embrassades affectueuses d'Éthel, ma frisée d'à côté. Je demande: «On a examiné leur lunch? Est-ce que les deux Alice avaient fini de manger?» Brigadier a un rictus, n'admettant pas que je pose des questions, cherchant à rester maître de son enquête: «Mais oui. On a questionné monsieur Waldstein, à côté, la vieille et l'enfant y étaient en visite.» Ainsi, Lech se nomme Waldstein? Je questionne encore Brigadier: «Avez-vous parlé à Éthel en particulier, c'est elle qui leur a préparé le lunch du pique-nique, je l'ai vue faire de mon balcon.» Brigadier sort son porte-cigarette chromé, plaqué or. «Évidemment. Madame Waldstein n'avait mis aucun fruit dedans. Pas de poires!» Je fais: «Des poires?» Il continue jouant avec sa chevalière-cabochon décorant son annulaire gauche: «Quelqu'un leur a offert des poires. Quatre poires. On a tout examiné, elles avaient mangé une seule poire chacune. Dans les deux autres: cyanure de potassium!»

J'imagine que, cette fois, vous dévorez mes lignes! Brigadier sort sur la terrasse, il regarde les alentours comme si un oiseau, ou un écureuil?, allait subitement lui révéler l'auteur de ces crimes abjects. Il a retiré ses verres fumés. Il examine d'un rapide coup d'oeil ma pile de paysages sur laquelle j'avais posé une vieille brique rouge. Il fait une grimace hautaine. Soupire. Je vais le retrouver. Je lui dis: «Ce vieillard qui se sauve? On a sa description?» Il dit en rentrant, me forçant ainsi à le suivre: «Oui, oui, évidemment. Il n'ira pas loin, croyez-nous.»

Ce «nous»! Ce Brigadier!, fier d'affirmer son autorité alors qu'il n'était que mon assistant là-bas, dans le Maine, me fait pitié. Je brûle évidemment de lui demander la description du satyre effrayant du parc Beaubien. Il le sait peut-être. Il va maintenant au balcon d'en avant, non sans avoir examiné rouleaux, pinceaux et boîtes de peinture que je laisse traîner un peu partout pour justifier ce mensonge du bon samaritain dépannant un ami malade. Je sors à mon tour. Ringuet et Béranger sont ensemble au 324. Moustachu-Béranger quête des yeux. Il me dévore. Il voudrait entendre des explications. Je présente Ringuet à Brigadier: «Un «ancien» de la Sûreté, Jean Ringuet. Voici l'inspecteur Jean Brigadier, une brillante jeune recrue.» Ils se saluent froidement. Brigadier se penche vers moi, je tombe assis dans une de mes chaises, ses façons d'expert déjà me confondent, il marmonne, dents serrées: «Maintenant, c'est à vous de jouer, Asselin. Racontez-moi tout ce que vous savez, sinon, je devrai, hélas, vous embarquer.» Là, vraiment, c'est le comble. Il s'asseoit. Je m'allume un cigarillo et lui lâche au visage un épais nuage de fumée. Il tousse et agite la main. Je crois qu'il a compris que je n'apprécie pas ses façons. «Brigadier, je suis dans le noir, je sais rien du tout.» Je vois ses yeux se durcir, ses narines se pincer : «Le directeur m'a tout raconté. On vous a chargé d'un contrat privé. Vous surveillez quoi, ou qui au juste? Parlez maintenant.»

Vous pouvez imaginer mon embarras. Si je lui parle de vous, il exigera vos coordonnées et dans l'heure, on vous retrouve et c'est l'embarquement pour «la» question. Je file tout doux. «C'est simple, mon petit vieux, on m'a demandé, un job de tout repos, d'examiner l'entourage. Des gens, sans doute à la santé ultra-fragile veulent savoir si ce logis sera dans un îlot de paix totale.» Il se redresse, marche le long de la galerie, regarde partout, va même ramasser un carton de lait vide, le plie en deux, en quatre, le jette sous mon balcon. Il me jette un regard de furie : «Asselin, pas vous! Ce n'est pas votre genre ça : un job de tout repos. Vous allez venir avec moi, on va aller jaser en paix, vous savez où?» Cette fois, je ne résiste plus, je lui crache avec humeur : «Brigadier, vous n'avez aucun mandat dans ce sens. Retournez chez ces Waldstein du 328, fouillez, creusez, questionnez et fichez-moi la paix!» Il recule, va jusqu'au bord de la rue, jette un regard à sa voiture. Il revient vers moi tout à coup : «Asselin, vous savez bien que je vous admire, vous pouvez m'aider.» Il avait changé de ton radicalement. «Vous savez des choses, je le sens, vous refuseriez de m'aider? Mais pourquoi, shit! Pourquoi?» Alors je me dis qu'il fait vraiment pitié, qu'il compte bien sur cette «grosse» affaire pour se mousser, pour enfin faire une preuve définitive qu'il sera un inspecteur de grand calibre. Je lui fais signe et il vient aussitôt s'asseoir à mes côtés : «Brigadier, je vous dis la vérité. Je suis surpris, atterré par la nouvelle de la mort de cette femme et de cette fillette. J'ai quelques croquis de ces deux personnes ici. Je les aimais. Je souhaite autant que vous l'arrestation la plus rapide de ce funeste vieillard-aux-poires. Me croyez-vous?»

Il a enlevé son *blazer* marine, a dénoué un peu sa cravate or et argent. Il soupire. Il rentre et revient avec la bière offerte. «Asselin, vous avez une piste, quelque chose?

De quel côté je devrais aller fouiller?» Je cherche évidemment quoi lui dire au juste, j'ai déjà hâte d'aller rédiger ce rapport que je vous fais. Brigadier a sorti un calepin qu'il tapote de sa main droite. «Écoutez, je ne suis certain de rien, j'ai l'impression qu'on a voulu avertir. Que ces meurtres sur des innocents sont un signal de mort pour d'autres personnes. Vous devriez tenter de rejoindre une certaine Lisa Pasznansko. Elle pourrait se trouver ici ou loin, en Floride. À Tampa ou à Clearwater.» Brigadier frétille de sa jambe droite, il se voit déjà en voyage, je sais qu'il aime les enquêtes hors du pays. Il me dit: «C'est la mère de la fillette empoisonnée, je le sais. La vieille était sa belle-mère et son mari est mort, cardiaque, il y a quelques jours.» Le jeune limier est fier de m'avoir débité tout cela. Il a repris son visage d'expert supra-raffiné. Il m'agace. Après tout, je me dis qu'il pourrait m'aider à son insu et je lui confie: «Nos nouveaux voisins, comme les Pasznansko, se livrent souvent à un transport mystérieux. Parfois il y a des boîtes plein le couloir et le hall d'entrée. Si vous pouviez savoir ce qu'elles contiennent? On ne sait jamais, un trafic illégal peut-être? Des armes? De la drogue que l'on cacherait dans... dans des tabliers à lourdes broderies?»

Brigadier se lève, renoue sa cravate, remet son blazer marine et ses lunettes fumées, sort encore une cigarette de son chic boîtier. «Vous essayez de me niaiser, c'est ça? Il y en avait des boîtes, plein la cave! On a fouillé, qu'est-ce que vous croyez, que je suis un amateur? Dans ces boîtes il y a des costumes, oui, des costumes pour des groupes de folklore.» Je le coupe: «De quelle nationalité ces danseurs?» Il a un tic nerveux au cou: «Ça on s'en fiche, on n'a pas demandé. Quelle importance? Que se soit des Tchèques ou des Autrichiens, des Polonais, des Hongrois ou des Roumains. Hein? Quelle importance?»

Je lui ai dit de se calmer un peu. Il a vidé son verre de bière. Il est allé ouvrir la portière de sa voiture, côté trottoir et il a osé m'annoncer: «Venez! Fermez votre poste d'observation, on va aller se raconter des histoires et réfléchir ensemble, à Parthenais!» J'ai vu rouge cette fois, vous pouvez me croire mais comme j'allais lui mettre mon pied au cul, le téléphone a sonné. Je m'y suis précipité craignant un regrettable geste de colère.

Chère Madame, j'ai le regret de vous apprendre que je n'ai plus besoin de vos honoraires! Eh oui, me voici libre. C'est le directeur Dubreuil qui me téléphonait et, ne tombez pas à la renverse, je suis chargé, très officiellement, de l'enquête sur les deux empoisonnées par un contrat presque aussi rémunérateur que le vôtre!

J'ai eu envie d'arrêter ici ce rapport. En fait, j'ai besoin de vous. Oui, ce 326, voisin du 328, me serait fort pratique pour poursuivre, mine de rien, mon travail de détective, maintenant appointé par la Sûreté. Qu'en pensez-vous? Je suppose que c'est inutile mais je suis autorisé par mon directeur à vous offrir un certain dédommagement si vous me permettez de continuer à vivre ici, rue Querbes. J'ai hâte de vous lire. Ne craignez rien, on ne m'a pas demandé de révéler pour qui je travaillais. Dubreuil m'a dit bien simplement: «Je compte sur vous Asselin, je sais qu'on apprendra sous peu qui a fait ce coup au parc Beaubien.» J'ai promis. Cela seulement. Le reste, s'il y a un reste, ça se passera entre nous. S'il s'agissait de protéger Alice Pasznansko, j'ai failli à la tâche à cause de votre damnée discrétion. Désormais, comptez sur moi, je saurai qui a fait le coup, avec ou sans votre autorisation.

Je termine en vous disant ceci. La tête qu'a fait Brigadier quand je suis sorti, pastis aux doigts, pour lui dire doucement: «Mon petit bonhomme, on vient de me charger de l'enquête. Vous aurez de mes nouvelles plus tard, quand j'aurai besoin de vous. Laissez-moi vos coordonnées.» Il était blême. Il a bafouillé: «Dubreuil a fait ça?» Il est parti dans sa Mustang rouge tomate en faisant crisser les pneus de façon stridente. Enragé!

XII

Chère Marlène d'Ottawa, merci pour votre permission de loger ici au 326. Merci! Qu'est-ce que j'ai appris encore? Ah oui: mon ex-voisine n'était pas encore partie pour la Floride. Lisa la veuve vivra chez son frère unique. Le petit Brigadier est venu me montrer sa première récolte diligemment. Ce frère de Lisa Pasznansko, Sam Frank, est un décorateur (homosexuel «très efféminé», a spécifié Brigadier) qui habite un condo luxueux dans l'île des Soeurs, en banlieue de Verdun. Lisa a été hospitalisée d'urgence en apprenant la mort de sa fillette et de sa belle-mère (j'y suis allé) au Royal Victoria, avenue des Pins. Est-ce nécessaire de vous dire qu'il a fallu que j'insiste énormément pour être admis dans sa chambre? Quand j'ai dit que j'étais son voisin, rue Querbes, que je venais pour lui offrir des aquarelles de l'enfant morte, un des médecins a décidé que je pouvais être admis. «Cinq minutes seulement!», a-t-il grogné, des «radios» plein les mains.

J'étais réellement peiné et j'ai tenté de la consoler du mieux que j'ai pu. Elle m'a fait peur. Elle m'a parlé avec réticence, plongée d'abord dans une relative atonie, un mutisme quasi complet. Elle m'a vraiment fait peur. En m'en allant, j'ai même osé dire au médecin qui l'a prise en charge de craindre le suicide. Il m'a dit: «C'est certain, nous la surveillons sans relâche.» Il y avait, en effet, une infirmière qui lisait à son chevet quand je suis entré et qui est revenue aussitôt s'asseoir dans sa chambre quand je suis reparti. Son lit était recouvert de mes maladroites peintures. J'ai essayé de la faire parler, je lui ai menti : «Votre amie Éthel est très nerveuse et m'a confié quelques secrets. Vous souhaitez aussi vous confier peut-être? Ça vous soulagerait un peu?» Elle me fixait comme si elle ne m'avait jamais vu. Complètement ailleurs. Plus tôt, en voyant mes aquarelles de la petite, de grosses larmes ont roulé sur ses joues.

Au début, je me contentais de la regarder. Je voulais qu'elle sache que je ne la visitais pas seulement en tant que limier. À un moment donné, je suis allé regarder à la fenêtre. Le Mont-Royal, derrière l'hôpital, laisse enfin voir ses pelouses. Au-dessus du parc Jeanne-Mance, de l'ange monumental entouré de lions de pierre, c'est l'escarpement rocheux couvert de fouets minces, arbrisseaux qui tentent de grandir à même le roc. Alors, j'ai songé à ces immigrants qui s'accrochent à une nouvelle patrie, tentent de s'y creuser des racines qui tiendront tant bien que mal. Le coeur me fait mal chaque fois que je repense aux Alice, cette gamine au minois si tragique, cette grand-maman au visage tout orné de signaux si émouvants. Me jugerez-vous, mystérieuse Marlène, d'une sentimentalité exagérée? On imagine, je suppose, qu'un enquêteur n'est qu'une machine à questionner, sans âme aucune, bon qu'à compiler des rapports, qu'à indiquer solidement la culpabilité d'un suspect, en route vers son procès. Tant pis pour ce stéréotype, je ne suis pas fait de ce bois dur!

Je me retournais soudain, Lisa parlait! D'une voix toute ténue : «Alice était ma mère, savez-vous? Je faisais partie d'un lot d'orphelins quand je suis sortie de Treblinka, quand elle sortait, elle, de son camp de Ravensbrück.»

J'ai gardé le silence mais elle ne parlait plus. Je lui ai dit savoir un peu le passé de sa maman adoptive, que nous étions allés ensemble à un parc voisin d'Outremont. Elle a dit ensuite : «Si vous faisiez un dessin de moi? Pour Éthel et Lech? Un dernier, insistait-elle, un dernier.» J'ai protesté aussitôt, lui ai dit qu'elle sortirait de son état rapidement, qu'il y avait d'excellents médecins dans cet hôpital. J'ai sorti mon calepin et avec ma plume japonaise j'ai tout de même tenté de lui faire quelques croquis. J'examinais bien cette frêle et si jolie silhouette. Il s'agit d'une femme qui rayonne, vous savez. Sous l'aspect fragilité, on peut déceler une femme volontaire, un je-ne-sais-quoi qui est de la détermination.

Je lui ai dit : «Vous êtes plus forte que vous croyez, Lisa. Vous verrez, vous retrouverez le goût à la vie d'ici peu.» Elle m'a regardé avec, dans le regard, un voile de tristesse qui m'a donné le frisson. Je remarquai qu'elle ressemblait à son mari, le Balafré. Mêmes yeux d'une douceur étrange, faite de mauvais souvenirs sans doute mais aussi, par-dessus tout, d'une faim de vivre. De s'accrocher. J'aurais tant voulu trouver les bons mots pour l'aider à revivre. Je n'ai guère trouvé. Je lui ai dit un peu bêtement : «Vous êtes bien jolie et si jeune encore, une force naturelle vous fera trouver un nouveau chemin...» Des banalités. Je m'en voulais. On est toujours inefficace face à ceux qui sont prostrés dans la peine.

Pendant que je crayonnais, je repassais le peu que je sais. C'est évident qu'au 328 l'on mijote quelque chose, que l'on nourrit le dessein d'une vengeance quelconque. Je ne sais trop quoi. Vous vous entêtez à me tenir dans le mystère. Eh bien, je suis assez certain d'une chose, cette jolie veuve blonde, elle, n'est pas partie prenante à ce vague complot. J'ai la certitude que Lisa Pasznansko ne souhaitait que l'oubli du passé, de pouvoir vieillir en paix avec son Gustave, cette fillette, Alice, et d'autres enfants qui seraient nés par la suite sans doute...

Lui remettant quelques pauvres esquisses la représentant, mon métier reprit un peu le dessus et je lui demandai : «Pourquoi votre mari semblait-il si tourmenté? Vous, vous étiez l'image de la sérénité, rue Querbes.» Elle avait le visage penché sur mes modestes croquis en faisant un pâle sourire. Puis en me regardant soudain dans les yeux, elle m'a confié : «Gustave m'aimait, c'est certain, comme il aimait la petite; mais il y avait l'autre Alice. Il adorait sa «maman».

Il n'arrivait pas à pardonner ce qu'on lui avait fait là-bas, durant son adolescence. Il n'y arrivait pas. Cela l'empoisonnait.»

Puis le silence encore! Alors j'ai dit qu'il fallait que je parte. J'étais debout mais je parvenais mal à me détacher de cette présence. Lisa, je le répète, irradie d'une curieuse lumière, un mélange de résignation et de résistance farouche qui me trouble. Abandon et dureté à la fois. Je lui ai dit: «Je reviendrai vous voir, je garde un dessin de vous, j'en ferai une aquarelle, ma meilleure.» J'avais ouvert la porte de la chambre. Elle s'est mise à parler un peu plus, d'une voix éteinte, on aurait dit la voix d'une voyante ou d'un médium! Elle hésitait dans ses mots, faisait des phrases décousues... Comment vous dire concrètement? Elle m'a murmuré: «Il y a le Simon de Vienne... qui hésite... il se ramollit.» Puis: «Gustave n'en pouvait plus de patienter.» Puis: «Monsieur Singer, lui aussi, ne va pas bien vite... Et l'autre, un certain Herztein, en Caroline, il embrouillait tout.» Enfin, elle balbutia: «À New York... c'est si lent... si compliqué toutes ces archives...»

Madame d'Ottawa, je ne suis pas certain d'avoir bien retenu les noms, cependant il me devient assez clair que le Balafré était en communication avec des chercheurs de dossiers. Qu'en penserez-vous?

Lisa avait cessé de parler, s'était levée et regardait par sa fenêtre le Mont-Royal en train de renaître de l'hiver. Je suis sorti sur la pointe des pieds. Mon expérience me dit qu'il y a une affaire d'ordre international qui se trame. De quel côté vous situez-vous donc? Pourquoi ne pas carrément me mettre en contact avec ce Herztein de la Caroline, ce Singer de New York, ou à Vienne, un certain Simon? Pourquoi ne pas me dire de quoi il retourne exactement? Si Lisa se tue, je vous en voudrai éternellement.

Après avoir parlé de l'éventualité du suicide au médecin-psychiatre, j'ai songé au curieux professeur Maynar, à son goût des recherches historiques. Il est partie prenante dans «votre» affaire? Je le suppose. Comme on dit, mon lit est fait, je suis franc, je suis avec ces gens. Je suis amoureux d'une certaine manière de cette Alice toute ridée, aussi de cette gamine qui ne riait jamais. Et même si vous m'annonciez qu'il faut me méfier de ces Polonais, je ne vous croirais pas!

Cette visite — et je vous écris pour cette raison surtout — m'a secoué. Je dois franchement vous prévenir. C'est fini! Il va falloir que vous me disiez tout maintenant. Je suis un enquêteur officiel désormais. Je ne suis plus votre employé dévoué capable d'endurer vos cachotteries. C'est terminé! Il va falloir vous résoudre à me rencontrer, ici ou chez vous, à Ottawa. Vous comprendrez que ce «casier postal» ne peut plus suffire. Je suis au service de l'État, du public. La justice a des droits. Je vais attendre un signe de vous dans les vingt-quatre heures. Je suis très sérieux. Sinon? Sinon, je fais ouvrir un nouveau dossier, très officiellement, et vous pensez bien que ce sera alors un jeu d'enfant de vous rencontrer mais avec des policiers à mes côtés cette fois. Est-ce bien compris?

XIII

Vous me décevez, madame. J'étais certain de recevoir un télex de vous, fourmillant d'ultimes recommandations. Ou bien un de ces télégrammes ultra-brefs: «Débarrassez la place! Vous êtes un incapable!» Mais non. Rien. Tant pis. J'ai oublié de vous écrire hier matin qu'aussitôt mon olibrius d'assistant envolé sur les chapeaux de roue, j'ai appelé à la Sûreté pour qu'on me lise au téléphone le rapport préliminaire de l'enquête en cours sur les deux mortes du parc. On a promis de m'envoyer copie conforme. Eh bien, j'ai la description du sinistre empoisonneur. Cette femme-juge, témoin unique au parc, a déclaré: «Manteau noir léger. Souliers noirs et chaussettes blanches. Cheveux blancs sous un chapeau mou, noir. Moustache blanche. Écharpe de soie, blanche. Très agile malgré le grand âge. S'est sauvé d'un pas alerte. Et les yeux? Bleus... mais pas certaine.»

Compris madame Marlène? Bien compris? Je me maudissais de n'avoir pas demandé où il logeait ce cher prof d'histoire. Au collège français, rue Fairmount, ce même jour, j'écoute un dirigeant m'annoncer: «Monsieur Maynar Miller n'enseigne plus ici. Il est venu nous annoncer son départ avant-hier. Nous sommes navrés, c'était un pédagogue fameux. Nos élèves vont beaucoup le regretter.» Ainsi il vient de fuir?

Je suis allé partout. Chez Lester's aux «smoked meat»,

on le connaissait, «c'est un bon client», mais aucun employé n'a pu me dire où il habitait. J'enrageais. Au magasin de lingerie pour enfants, rue St-Viateur, même histoire: «C'était un bon grand-papa. Il venait acheter parfois du linge, disant qu'il s'agissait d'étrennes, de cadeaux pour des petits enfants à lui. Son domicile? Zéro. Au collège, on m'avait donné une adresse, celle qu'il avait fournie, il y a quelques années quand l'institution l'avait embauché. À cette adresse, un appartement plutôt minable dans un bloc datant de 1900, une vieille concierge m'a dit: «C'était un locataire absolument charmant, très bavard. Il m'avait prévenu qu'il ne restait pas longtemps, jamais, dans un endroit. Il a quitté après six mois, son loyer bien en règle.» Le premier que je suis allé voir c'est Lech Waldstein, mon voisin. Il avait les yeux rougis, et Olive aussi. Il m'a dit: «C'était une sorte de vagabond mais très instruit vous savez; il nous aidait pour la reconstitution exacte de nos costumes de danse folklorique, c'est tout. C'est un être bizarre. On ne sait rien de sa vie privée, pas même où il habite. Il ne nous demandait rien, jamais un sous, et pourtant il allait fouiller longuement des archives difficiles à dénicher.» J'ai dit: «Justement, je dois le retrouver, je dois peindre pour un client riche, un Roumain exilé, une murale historique.» Lech m'a répondu: «Aussitôt que je le revois, je vous fais signe, c'est promis.»

Pas facile, chère Marlène d'Ottawa, essayer de savoir si un certain monsieur, moustache et cheveux blancs, est venu acheter des poires... chez l'épicier de la rue Bernard, celui de la rue Fairmount. Ou celui de la rue Laurier? Ou encore celui de la rue St-Viateur. On fait mine partout de se creuser les méninges: «Comment est-il? Pas grand, hein? Peut-être! Manteau noir?, foulard de soie blanche?, ah bon?»

Beaucoup de: «Je vois pas. Il vient tant de monde ici, monsieur!» Et des: «Croyez-vous que j'ai le temps de remarquer tous nos clients?» Ou bien des: «Mais monsieur, des acheteurs de fruits, il en vient dix dans une heure!» Ou encore: «Oui, oui! Un petit vieux alerte, rigolard, je connais. Oui, bien sûr, il vient ici souvent...» C'était chez Praga, rue

Fairmount. Le préposé aux fruits le connaît bien, les caissières aussi... «S'il est venu acheter des poires cette semaine?» Grand sourire et satisfaction de bien informer la police : «Absolument, monsieur! Mais bien sûr que je m'en souviens. Six poires. Et du raisin. Du vert. Et des bananes aussi!

Voyez-vous ça? Lui, mon Maynar, moustache blanche, — et combien d'autres? — je le ramasse? Le fais interner? Je le questionne? «On a des soupçons graves contre vous, mon petit bonhomme. Assez ri, vous avez acheté des poires chez Praga? Hein?» La belle accusation! L'épicier ne vend pas de cyanure de potassium! J'ai passé des heures à questionner dans ces comptoirs à fruits... pour rien en somme. J'ai aussi questionné, en vain, les pharmaciens des alentours.

Soyez tranquille, je ne suis jamais découragé. Je vais continuer. Il fait beau temps et j'aime marcher. Décidément ce quartier me plaît et, encore une fois, si vous aviez l'idée de revendre votre cottage, le 326, gardez-moi en première option. Chez moi, rue St-Hubert, le stationnement devient impossible. Ici, j'aurais cette entrée de garage. Le petit garage de briques rouges? Eh bien chère madame, je le changerais en atelier de peinture!

J'ai passé la fin de l'après-midi à fouiner dans tout le quartier. Il se nomme donc Maynar Miller. J'ai mis mon freluquet Brigadier sur ce dossier, il va tenter de retrouver des parents à lui, en Ontario, où il a vécu. Il va se démener. Il a un peu honte de ses manières de «petit boss» de l'autre jour. J'attendrai.

111

XIV

Qui est ce jeune homme qui consent à rester muet en prison à cause de vous? Vous avez refusé de me faire signe. Vous avez refusé de collaborer à une très grave affaire de meurtre. Double meurtre. Sur deux innocents sans doute! Il a donc fallu, par mon métier, que je révèle votre adresse postale à mes supérieurs. Ainsi vous n'alliez même pas chercher mes rapports vous-même? La police d'Ottawa est déroutée. Ce jeune homme qui se rendait à votre casier postal reste un inconnu. Un mystère. Je vous écris maintenant mais je suppose que vous savez fort bien ce qui vient de se passer à Ottawa, que vous n'oserez plus aller chercher le courrier. Eh bien, j'écris quand même, une dernière fois sans doute.

Vous devez m'aider. Nous aider. C'est votre devoir de collaborer maintenant avec la police. À moins... À moins que vous soyez coupable du lâche attentat au parc Beaubien! Pourquoi pas?

Votre description (je la ferai avec exactitude) sera transmise partout si vous ne donnez pas signe de vie. Vous pourrez la voir dans les journaux, ou à la télévision, l'entendre à la radio, ce sera : Jolie femme dans la quarantaine. Nom : inconnu, prénom : Marlène. Dernier lieu de résidence, Ottawa. Ou région environnante. Un mètre 80 environ. Longs cheveux, très blonds. Yeux clairs, gris. Bouche charnue. Nez étroit. Long cou. Poitrine abondante. Boitille très légèrement du pied droit. Et caetera, ma pauvre Marlène. *Dura lex, sed lex!* Mon directeur, monsieur Dubreuil, consent à ce petit répit. Vingt-quatre heures au maximum. Peut-être êtes-vous déjà en fuite et nous regretterons d'avoir été si patients.

Vite! Ce jeune homme intercepteur de courrier pourrait craquer à un moment donné. Il doit avoir reçu beaucoup d'argent. Votre mari? Trop jeune. Ou bien c'est votre amant? Votre fils? Ça m'étonnerait. Il a le physique d'un jeune méditerranéen, j'ai reçu sa photo. Il parle anglais avec un accent, m'a-t-on appris, espagnol ou portugais. Décidez. Vous sortez de l'ombre ou bien c'est la lumière la plus crue qui va tomber sur vous. Dernier avertissement. Officiel.

Ch. A.

XV

Cette lettre de vous! Cette fillette qui est venue me la porter au 326! Je l'ai questionnée, elle m'a bien dit: «C'est un gros monsieur qui m'a demandé de venir porter cette lettre ici au 326 Querbes.» L'enfant m'a dit avoir croisé ce «bedonnant» aux cheveux gris rue Lajoie, coin Bloomfield. Il lui a donné deux dollars. Qui est-ce?

Avec cette missive, vous me jetez dans l'embarras. Vous m'en dites trop et pas assez. J'accepte de vous écrire à ce nouveau casier postal mais je ne peux vous promettre de le faire plus d'une fois. Vous me dites. *Ma vie est en danger. Et pas seulement la mienne.* Eh bien, raison de plus pour collaborer avec nous. Avec moi du moins. Pourquoi ne pas me téléphoner? Le directeur Dubreuil m'a certifié que ma ligne n'a pas été mise sur écoute. Vous pourriez me répondre que d'autres personnes l'ont fait. Eh bien non. On a fait vérifier. Comprenez-moi bien: je balance en ce moment. Admettons que votre vie soit réellement en danger. Pourquoi? Vous m'écrivez: *C'est une affaire qui est entre les mains d'une puissante organisation.* De quelle organisation s'agit-il? Vous écrivez: *Si ces gens-là apprenaient, ils savent tout, que je suis allée à la police, dans les minutes qui suivraient, je ne serai plus de ce monde.* Diable! j'en arrive à me questionner sur votre santé mentale. Êtes-vous victime de délire paranoïaque? Seriez-vous la victime schizophrène

115

et hallucinée de persécutions? Bref, faites-vous de la folie? Je m'excuse de ma dureté. Il n'existe pas telle organisation qui puisse si facilement décider du sort des gens. Nous ne tournons pas un film d'horreur, pas plus que nous n'écrivons un roman d'anticipation, chère Marlène.

Évidemment, me voici aux prises avec un cas de conscience. C'est bien pourquoi je vous écris à votre nouvelle adresse, ce casier postal à Boston. Je dois vous prévenir. Si vous ne m'aidez pas vraiment dans mon enquête, il faudra bien que j'alerte... Interpol, le F.B.I. Que j'alerte les autorités policières du Massachusetts. Ça recommencera je suppose? Encore un jeune homme qui se laissera interner, qui se taira, qui prétendra ne rien savoir comme votre jeune complice d'Ottawa, qui répète ne rien savoir de vous! Qu'il allait chercher mes lettres à Ottawa pour ensuite les déposer dans une certaine poubelle près d'une cabine téléphonique précise de la rue Sparks, dans la capitale fédérale.

Que vous êtes compliquée chère Marlène! Que vous faut-il de plus pour sortir de votre anonymat? Une vieille dame est morte, une petite fille innocente aussi... Alors quoi? On pourrait tuer aussi Éthel et Lech Waldstein? Bougerez-vous alors? Faudra-t-il que tout le pâté de la rue Querbes saute, moi avec? Je vous écris sans doute pour la dernière fois.

Je vais vous raconter une surprise. Avant-hier, une soirée ma foi de juillet en plein avril encore, après avoir mangé à la rôtisserie Laurier, je marche tranquillement.

Qui est-ce que je vois sortant du Café Laurier avec son chapeau noir sur le derrière de la tête, son pas alerte et vigoureux? Oui, lui Maynar Miller! Je n'en reviens pas! L'adjoint Brigadier qui le recherche dans Toronto au même moment! Je ne sais plus si je dois téléphoner à la police pour des renforts ou foncer sur lui. Je le suis, médusé et prudent. Où ira-t-il? Il porte son éternel manteau noir, ses chaussettes blanches et ses souliers noirs. Pas de chapeau. Il a une moustache foncée, il a les cheveux teints! D'un brun presque noir! Je le suis vous pensez bien. Il tourne dans l'avenue du Parc. Il entre dans un dépanneur, je guette. Il sort en ouvrant une boîte de cigares. Il s'en allume un. Semble chercher sa direction. Je me tiens loin. Il reprend sa marche rue Laurier, de son pas de jeune homme. Il traverse les rues avec nonchalance. J'arrive mal à imaginer ce joyeux bonhomme injectant quelques poires de cyanure de potassium, les offrant cyniquement à une bambine et à une vieille femme aux mains tremblotantes.

Il a pourtant changé son apparence! Il a une raison. Moustache et cheveux teints! Je le suis à bonne distance tout en craignant, il est si vif, qu'il s'évanouisse subitement du paysage. Je me répète que je ne rêve pas. Machinalement j'ai porté la main droite à mon revolver dans son étui sous le bras gauche. Il ralentit le pas à chaque vitrine de magasin rue Laurier. Nous traversons. Lui, la rue Clark, moi la rue St-Urbain. Maintenant, en diagonale, il traverse la rue Laurier pour marcher de mon côté, côté nord. Je me cache dans une entrée cochère, je ralentis le pas.

Parvenu à la rue St-Laurent, il traverse vers le sud, s'arrête aux vitrines de *Médicus* où sont exposés divers appareils pour handicapés. Je le guette prudemment. Je reste là, coin nord-ouest faisant mine d'admirer ce baroque château-poste de pompiers, ex-hôtel de ville de l'ex-Ville St-Louis. Maintenant Maynar admire les objets décoratifs aux deux vitrines de la *Galerie du néon*. Sans vraiment se soucier du trafic, le voilà qui traverse St-Laurent et va s'asseoir sur un banc du mini-parc en face de la vieille église de style jésuite-espagnol, St-Enfant-Jésus! Un vagabond, vraiment! Il allonge les jambes. Je traverse, côté nord, je marche sur le trottoir qui conduit à l'église et puis je pique dans le square par-derrière lui. À quelques mètres de Maynar Miller, je m'arrête et je lui dis calmement mais fermement : «Ne bougez pas monsieur Miller! Au nom de la loi, je vous arrête!»

Il n'a pas bougé. Il fume. Il ne se retourne pas tout de suite et quand, enfin, il le fait, il me reconnaît malgré le peu d'éclairage du lieu, car il m'adresse son bon sourire et clame de sa voix de gorge : «Comment allez-vous monsieur l'inspecteur des assurances?» Est-il armé? Joue-t-il l'innocent? Je me rapproche.

Je constate facilement que mon bonhomme est d'un calme souverain. Mon expérience m'a appris à me méfier de certains serpents. Je lui dis à deux mètres de lui: «Vous avez acheté des poires? Chez Praga, rue Fairmount? C'est facile de tuer une enfant et sa grand-mère.» Il ne bouge toujours pas. Il fume. Il marmonne à voix basse: «J'aime bien les poires. Elles sont chères mais j'en achète souvent, c'est vrai.»

On n'est jamais trop prudent. Je lui commande de se lever et de marcher, de traverser la rue où des autos attendent le feu vert. Il le fait. Il dit: «Devrais-je lever les mains très haut, monsieur des assurances?» Je lui commande: «Entrez dans cette boutique de néons.» Il sifflote et entre. Une jolie noiraude nous regarde, figée, elle a vu mon revolver. Je dis: «Ne craignez rien, je suis de la police.» Je sors carte et badge. Je pousse mon vieux bonhomme d'un geste en lui disant: «Appuyez vos mains sur ce comptoir.» Il le fait, docile, ricanant. Je le fouille par-derrière. Rien. Il se redresse et enlève un fil blanc sur un pli de son manteau, dénoue son foulard de soie blanche. Il me sourit complaisamment: «Allez-vous me dire ce qui vous arrive, monsieur Asselin?»

Au fond de la galerie, la jeune beauté noire se blottit contre un grand jeune homme châtain. Les deux sont restés muets devant ce manège. Je dis aux jeunes: «Vite, téléphonez à la police. Rapidement!» Le jeune homme saute sur l'appareil du bureau du fond et signale un numéro.

Ce Maynar, madame de Boston, est innocent, je vous le dis tout de suite. Et il parle comme vous. Il est allé boire cette liqueur spéciale chez Lech, sur la terrasse d'à côté! Auparavant, au poste, il a raconté ceci: «J'ai aperçu, ce jour-là, la vieille Pasznansko. Je suis allé près d'elle au parc. Elle était bizarre, m'a crié d'appeler vite la police, un médecin. J'ai couru aussitôt jusque chez moi, à deux coins de rue! C'est idiot!, l'énervement! J'ai téléphoné à la police.» Eh bien, madame, nous avons vérifié et c'est vrai, il y a en effet

118

l'enregistrement d'un appel d'un certain monsieur Miller et la police accourait au parc Beaubien grâce à deux appels de secours. Celui de la juge, madame Ricet, et celui de M. Miller. Il a dit aussi : «Quand je suis revenu au parc, la police arrivait en trombe et moi je n'aime pas la police.» Bien plus grave : confronté avec lui, cette dame Ricet n'a pas reconnu Maynar Miller. Elle a dit qu'il était beaucoup plus gros et plus grand! Quant à sa teinture de cheveux, il m'a expliqué. L'historien-philosophe a quitté l'enseignement pour se remettre dans le courtage! Il hante de nouveau le parquet boursier pour aider et initier un filleul ambitieux doué d'un bon flair. Il le guide désormais dans sa jeune carrière. Le filleul a confirmé le fait.

Ainsi, il y a un vilain gros bonhomme, tout de noir vêtu, qui rôde, impuni? Par la suite mon Maynar a accepté volontiers mon invitation sur la rue Querbes après son interrogatoire. Il ne m'en veut pas du tout, souhaite ardemment l'arrestation du maniaque.

Je vous écrivais qu'il chantait la même chanson que vous? L'ayant donc invité chez moi pour se remettre de ses émotions (bien qu'il semblait toujours aussi ingénument paisible qu'au temps de nos rencontres matinales), il acceptait avec empressement. Je lui ai parlé, un peu seulement, de ce contrat qui nous lie, qui nous a lié. Il a semblé peu intéressé, déçu pour moi qui lui ai avoué ne pas réussir à vous faire sortir de l'ombre. C'est alors qu'il m'a confié : «Il y a, c'est vrai, des organisations, ou "filières", plus ou moins secrètes et puissantes. Vos supérieurs le savent bien mais personne à la police n'aime admettre une forme d'impuissance.» Nous avons bu du brandy. Il a fumé un autre cigare. Il m'a dit aussi : «Savez-vous que, chaque année, seulement aux États-Unis, cinq mille personnes disparaissent? À jamais! On ne retrouvera jamais leurs traces! Bien sûr — il rigolait en disant cela — il y a tous ces maris qui sortent s'acheter un paquet de cigarettes et qui ne reviennent plus au foyer mais c'est une minorité et les épouses portent plainte, très officiellement. Mais où sont tous les autres? Mystère!»

À lui aussi, j'ai dit «science-fiction». Il m'a regardé très sérieusement. «Très bien! Bien, questionnez sérieusement des hauts gradés du F.B.I., ou de la C.I.A. et vous verrez s'il s'agit d'un conte fantastique. Questionnez-les si vous pouvez.»

À un moment donné, Maynar Miller me dit: «Si nous allions marcher? Je suis le genre d'homme qui réfléchit bien, à haute voix, quand il déambule. Pas vous?» Nous cherchons, sur le trottoir du 326, de quel côté... déambuler. Je lui fais un signe: «Vers l'est?» Il s'esclaffe et me dit: «Ah non! J'aurais peur que vous me fassiez arrêter encore une fois. Allons vers l'ouest.» Nous tournons sur Elmwood. Rendus devant un monument aux vétérans de la guerre, avec l'inscription: *Victoria... Gloria...* je ne sais plus trop, Maynar fait une pose: «Tous ces jeunes gens d'ici qu'on a envoyés se faire tuer en Europe! Quelle affaire, non? J'étais bien jeune et je me disais innocemment que jamais les peuples des Amériques consentiront à se mêler des chicanes des Européens. Je le pensais vraiment, j'étais désespéré.» Il a eu, chère Marlène, un regard, un visage empreint d'un je-ne-sais-quoi qui, pour la première fois, me faisait voir un homme qui rit souvent mais qui est habité par une tristesse incommensurable. Un mélange de joie et aussi de détresse à laquelle on résiste.

Nous avons marché d'abord jusqu'au parc qui longe la rue Stuart, là où l'on a empoisonné les deux Alice. Maynar me parlait, il gesticulait comme un Italien. Sa voix forte, je vous l'ai dit, faisait se retourner bien des passants sur notre passage. Je le questionnais, mine de rien. Vaguement. Sur ces temps, heureusement révolus, de l'époque nazie. Il tremblait souvent d'émotions. Pourtant, parfois, il éclatait d'un rire généreux, il répétait: «Cette guerre n'a été qu'un historique agglutinement.»

Il avait une théorie bien à lui. La folie hitlérienne, selon Miller, était prévisible. Alors il brassait de savantes fresques. S'y ajustaient des vastes pans historiques entiers; le nazisme était «le goulot d'une bouteille pleine de poison». Il parlait autant du batailleur Louvois, sous Louis

XIV, en expédition allemande que de la Lorraine et de l'Alsace, il peignait à grands gestes des tableaux incisifs et concis, s'y emmêlaient les Prussiens aux portes de Paris-en-Commune, 1871, et les batailles de 14-18, la Marne, Verdun. J'avais peine à le suivre. Maynar criait un nom : «Charles Quint!» Alors défilaient d'autres personnages, des dates, des faits; des traités mal conclus, en découlaient des rancunes tenaces... Vraiment, j'étais un élève envoûté. Je regrettais qu'il se soit reconverti aux mondes de la *business*. Des élèves avaient perdu, sans le savoir, un puits de science historique d'une profondeur peu commune.

Il va d'un pas toujours un peu difficile à suivre et plus son sujet l'excite, plus il accélère. Il ne voit plus personne quand il est emballé, il se cogne à des piétons et ne s'excuse pas. Il est ailleurs. Il est loin. Il est avec Vauban, le constructeur de forteresses, il est avec le fougueux Turenne, ou bien il est avec un pape du XVIIIe siècle, ou avec des Habsbourg, dans une Allemagne divisée; ou bien il est avec Napoléon Bonaparte en pleine campagne russe. Un ouragan de paroles, je vous le dis!

Quand je viens pour lui dire «assez, je ne peux pas vous suivre», curieusement il bifurque de son sujet et soudain me dira : «Vos voisins, Lech et Éthel, ils doivent vous intriguer, pas vrai?» Je dis «oui» aussitôt et j'espère tout savoir. Mais non, Maynar tourne autour d'eux deux minutes seulement. Il me dit : «Lech ne ressemble pas à son ami mort, Gustave Pasznansko, pas du tout, c'est un patient, lui. Il ne mourra pas du coeur, lui. Il sait bien que tôt ou tard, les démons sont piégés.» Voyez un peu le style? J'ose lui reparler de vous, et de ce contrat qui nous lie et qui ne me satisfait plus, voulez-vous savoir ce qu'il me dit? «Cette femme inconnue n'est rien! C'est une maille dans un filet immense. Vous verrez. Une marotte. Du domaine des lubies. Un jour, elle vous enverra un dernier chèque et vous recommandera de tout oublier. Je connais cette sorte d'êtres humains, ce sont des dingues mais pacifiques. Ils ont besoin d'informations, ils ont les moyens de payer. Un jour, ils découvrent un autre sujet de hantise et se tournent vers autre chose, ça pourra être des ramasseurs d'épaves, vieux galions espagnols dans le fond du golfe du Mexique, ça pourra être la chasse aux dolmens, aux menhirs, sur un plateau désertique en Amérique du Sud. Ou dans une plaine des provinces maritimes, ou en Nouvelle-Angleterre.» Il rit. «Ou bien les soucoupes volantes. Ou bien les maisons hantées.»

Voici mon néo-courtier parti sur le spiritisme, le poltergeist, les «raps», les voyants. C'est un flot torrentiel à nouveau. Il me jette des faits, me parle de Flammarion, du célèbre Holme, de la voyante Rose-Alba, du médium français Jeanne Boisset, enfin de Houdini, prestidigitateur renversant. Vraiment, il sait tout. Et quand il me parle des malles enchaînées avec le fameux magicien dedans, enchaîné lui aussi, j'ose lui jeter subitement : «Qu'y a-t-il dans les malles cadenassées de mes voisins?» Il me regarde cessant de marcher, son petit air narquois, toujours amusé d'un rien : «Ça aussi ça vous intrigue n'est-ce pas?» me dit-il. Je fais signe que oui. Il commente : «Des immigrants viennent de ce côté les mains vides, avec rien. D'autres traînent des souvenirs. Ils ont besoin de fétiches.» Il reprend sa marche. J'en profite encore et je lui dis : «Par exemple, d'un costume de soldat SS, c'est possible ça?» Cette fois, il n'a que ralenti le pas. Il est devenu muet. Je supposais qu'il devait bien se demander comment j'avais réussi à voir cela, ou bien, il l'ignorait lui-même. Il finit par dire à voix moins haute : «Il faut respecter les malades. Les martyrs. Les blessés du passé. Il faut comprendre les traumatismes des internés. J'ai connu un gros et solide vieillard qui a vécu sur quatre continents et qui gardait toujours dans ses bagages un petit cheval de bois peint sur roues.»

Nous avons marché longtemps encore, fait le tour de tout Outremont ma foi. Nous revenons vers l'est par la rue, au nord, qui longe la voie ferrée. Un quartier qui contraste avec le centre et le sud d'Outremont, bâti plus modestement. Il parlait moins souvent.

J'aurais voulu qu'il m'aide. Qu'il puisse collaborer à mon enquête. Je cherchais par quel biais l'entraîner dans l'affaire qui me... qui nous préoccupe. Je lui ai dit : «Monsieur Miller, si vous vouliez savoir où se trouve une personne qu'on vous dissimule, comment vous y prendriez-vous?» Imaginez ma surprise quand il rétorque aussitôt : «Un bon pendule ferait mon affaire». Comme je lui manifeste ma surprise, le voilà dans une envolée lyrique sur les vertus du pendule, des sourciers, de la clairvoyance de certains kinesthésistes qu'il a connus! Alors je me souviens qu'en certaines affaires bien mystérieuses, à la S.Q. j'apprenais parfois qu'on avait consulté en effet de ces personnages à pendules. Pour Maynar Miller, c'est un moyen efficace mais il ajoute : «Il est arrivé qu'on résolve un crime délaissé, quasi oublié, alors que l'on consultait un «sorcier» pour une affaire urgente et toute récente.» Il rit de plus belle en ajoutant : «Un pendule vous dit où il y a de l'or et quand vous y accourez vous trouvez du pétrole. Or noir! Ou bien, le pendule vous annonce qu'il y a quelque part un gisement effarant de diamant rare et quand vous allez creuser, vous découvrez, au niveau du compost, un cadavre avec, à un doigt, en effet un luxueux cabochon de mille carats.» Il rit à s'en étouffer.

Curieux petit bonhomme n'est-ce pas, qui me tracera un peu plus tard le tragique portrait d'une bestiale gardienne d'un camp nazi mais comme en riant! Puis, la mine sombre, le regard tragique, me racontera les bévues rocambolesques d'un courtier gaffeur et bègue! Cet homme est d'un bizarre tempérament, je vous jure.

«Tout est sexuel», il me lance ça quand je lui reparle d'Alice la ridée et de sa jolie brue blonde dépressive Lisa! Je me tais. Je guette la suite. Il me fait poireauter, me force à quémander un «Que voulez-vous dire par là?» Satisfait de m'avoir intrigué une fois de plus, voilà mon ex-prof dans des énoncés audacieux. Selon Maynar Miller, la petite enfance n'a pas l'importance que les analystes freudiens de stricte observance lui accordent. «Mais non, ce qui frappe un être humain, mâle ou femelle, c'est l'éveil de l'appétit sexuel. C'est l'âge de la puberté.» Et ça y est, défilent les erreurs du premier sexologue Havelock Ellis, de Freud et de Jung, de Wilheim Reich. «Ils y arrivaient! Ils y arrivaient!

Une vie est toujours trop courte, mon cher Asselin. Vous verrez, dans deux ou trois siècles, ce sera l'unanimité. La sexualité première forge à jamais un caractère. Un esprit. Toute une existence se construit, ou se déconstruit comme vous voudrez, à partir des toutes premières faims sexuelles. Frustrations ou satisfactions, empêchements ou heureux hasards, tabous et erreurs de parcours. La sexualité de la future femme, du futur homme, à ses balbutiements, est la pierre d'assise de la personnalité adulte.» Surprenant, il ajoutera, on se rapprochait de Querbes et Van Horne : «Ainsi pour tous ces gens autour de vous : Alice, Lisa, Lech, Gustave, Éthel...»

Cette fois, je suis décidé à ne plus le laisser quitter ce corridor dans lequel il vient de s'engager volontiers : «Monsieur Miller, quel rapport voyez-vous entre un habit d'officier nazi, des malles cadenassées, une enfant et sa grand-mère empoisonnées, une inconnue qui me fait épier mes voisins et la sexualité?» Il ne parle plus. Je guette. S'il tente encore de s'évader dans un vaste sujet universel, je l'arrête, que je me dis. Il fredonne l'air de *«Lili Marlene»*. Puis l'air des résistants français : *«Ami, entends-tu...»* Ensuite il siffle l'air de *«Star dust»*. Je le laisse faire. Quand il s'essouffle un peu et qu'il semble rassembler sa salive, je récidive : «Pouvez-vous m'expliquer le lien? Parlez! La sexualité et Alice avec son fils, Gustave? Et le couple Waldstein d'à côté? Parlez!» Il semble hésiter, me jette des regards. Il accélère le pas. Donc il pense énergiquement, me disais-je. Il s'autocensure? Il commence des phrases, il dira : «Dans des temps troublés, le sexuel...» Et puis, il n'achèvera pas non plus ce : «Comprenez que l'enfermement et la vie sexuelle...» Je me tais fermement, il finira bien par accoucher. Soudain il s'arrête, d'un geste il m'arrête aussi. Il me fait un signe de tête. Je vois les tennis du parc St-Viateur, rue Querbes. Deux beaux garçons, adolescents, s'échinent à nettoyer les courts. Une voiture-sport, luxueuse, est garée sur une pelouse, dedans, deux jolies adolescentes blondes comme blés mûrs, dents luisantes d'enfants nantis, bien suivis par des as de l'art dentaire, y sont installées. Elles écoutent du rock à la radio de l'auto. Je regarde Maynar. Il s'allume un cigare. Il regarde, tout sourire, une de ces scènes classiques d'un monde de jeunes bourgeois qui vivent sans aucun souci, c'est bien clair. Il me tire la manche, me chuchote : «Vous comprenez? Pour eux, l'avenir est une bonne promesse, un fruit juteux, vous comprenez?» Je dis : «Non.» Il poursuit en reprenant sa marche dynamique : «Pas pour Alice! Pas pour le petit Gustave! Pas pour Éthel. Ni pour Lisa. Il n'y avait pas de joli court de tennis là-bas, aucun arbre bourgeonnant. Rien. Que des clôtures électrifiées!»

Nous arrivons devant la vitrine d'un oculiste. Il va frapper dans la porte. Un homme avec un panier à déchets à la main vient lui crier derrière la vitrine : «Fermé. Closed. Come tomorrow». Il repart en souriant : «J'ai besoin de nouvelles lunettes pour ma nouvele carrière. C'est imprimé en si petits caractères les cotes de la bourse, trouvez pas?» Il rit. Marche plus rapidement vers le 326. Je sors ma clé et lui dis : «Avez-vous une copie de cette clé?» Il rit. Quand je déverrouille, je lui dis : «Vous savez des choses et vous refusez de m'aider, tant pis pour moi.» Il me tire la manche encore une fois et dit : «C'est vrai. Je sais des choses. Je ne vous dirai plus qu'un mot. Vous l'oublierez pas?» Je promets et tends une oreille très intéressée. Il dit seulement : «Ravensbrück.» Nous entrons.

C'était un soir si doux, si beau, nous sommes revenus sur ma terrasse avec encore du brandy et c'est là que Lech Waldstein nous a invités, mon courtier rajeuni et moi, à prendre une coupe de son nectar... folklorique. J'ai refusé. De ma cuisinette, j'écoutais les deux hommes causer tantôt en anglais, tantôt en — probablement — polonais et, de temps en temps, en français. Ils ont parlé du Mexique et d'un Brésil en proie à de faramineuses dettes nationales, puis ils ont parlé du Liban, de la Syrie, ils ont parlé de la Pologne, des Sandinistes, de Tripoli, de Kadhafi, de Mitterrand et de Reagan... Un tour du monde! Lech disait un mot, un nom et, évidemment, Maynar Miller élaborait un discours à en perdre le souffle. Hélas, pas un mot sur Alice Ridée, sur Alice-enfant, sur Lisa à l'hôpital, traumatisée et muette.

Pas un mot non plus sur Gustave, disparu à jamais... Non, on aurait dit deux savants politicologues examinant l'état du monde d'aujourd'hui pour la télé.

P.S. : D'une part, j'ai fait revenir de Toronto ce pauvre Brigadier. D'autre part, impossible de questionner tous les clients des fruiteries qui ont acheté des poires cette semaine-là. Il me reste un seul espoir, madame, que vous acceptiez une rencontre, que vous vidiez votre sac. Encore une fois, c'est essentiel et je compte sur vous.

Ch. A.

XVI

Madame M. à Boston, que c'est difficile! Je ne suis pas bien du tout dans ma peau. C'est la première fois en trente ans de carrière que je mens à mon chef. Si jamais Dubreuil apprenait que je continue de correspondre avec vous en cachette, ce serait fini à jamais pour moi ces contrats que je décroche fréquemment chez lui. Vous me mettez vraiment dans l'embarras. Pourtant votre dernière missive m'en a appris pas mal, encore un petit effort je vous en conjure. Rencontrons-nous et finissons-en une fois pour toute.

Vous m'écrivez: *Mon silence sur les détails de notre affaire ne veut qu'empêcher un autre crime. Un jour prochain, ils vont se montrer. Ce jour-là ne saurait tarder. Vous allez, très bientôt, comprendre pourquoi.* Et vous ajoutez au milieu de votre message intitulé "urgent": *Je vais maintenant courir un grand risque, en faire courir un plutôt à une personne à laquelle je tiens comme à la prunelle de mes yeux.* Vraiment, vous m'étonnez! Après ce qui s'est passé dans mes parages, je vous interdis bien de faire courir un risque à qui que ce soit. Surtout pas à une personne qui vous est si chère.

Vos derniers mots m'intriguent au plus haut point: *J'espère seulement que vous serez en alerte ces temps-ci, je n'ai plus que vous sur qui je peux compter. Soyez d'une vigilance extrême. Veillez. Ayez une méfiance totale. Le coup peut partir à l'improviste. Je crois que je me tuerais*

127

si ces gens réussissaient à faire disparaître une personne à qui je dois la vie.

J'ai lu et relu. Voulez-vous dire qu'il s'agit de votre maman? Qui est donc cette personne à qui vous devez la vie? Qui? Est-ce Éthel Waldstein? Est-ce Lech, son mari? Ce n'est pas l'ex-prof Maynar? Qui est-ce Marlène? Surtout pourquoi ne pas vous confier? Ne pas exiger la protection officielle de la police? Vous êtes ridicule. Je m'excuse de vous le dire brutalement. À moins, je m'excuse davantage, que la police puisse refuser de protéger cette certaine Marlène, et pour les bonnes raisons que seule, vous connaissez... Que la police veuille plutôt incarcérer cette Marlène ou cette personne qui vous est si chère. Je ne vois pas autre chose. Aussi, soyez prévenue, je vais une fois encore révéler à mes supérieurs l'existence de votre casier postal à Boston. De plus, cette fois, on va diffuser votre fiche signalétique dans tous les médias. Vous n'irez pas bien loin à moins de posséder un jet privé. Et encore! Une nouvelle? Mais nous pataugeons: un homme, grand et gros a été arrêté. Il ne parlera pas. Il s'est suicidé dans sa cellule. Encore le cyanure. Il se nommait Hugo Frund, bibliothécaire d'origine suisse, vivant à Ottawa. Au parc, il portait perruque et moustache blanches postiches. Il a eu tort de revenir rôder dans ce parc Beaubien. Ce serait un illuminé. Il a parlé lui aussi, d'une vaste organisation. Vaguement. Avant de se tuer. Fait-il partie de cette puissante machine qui hante vos jours et vos nuits? Combien sont-ils? Êtes-vous certaine, à Boston, ou ailleurs, d'être vous-même à l'abri de cette pseudo-machine de mort?

Jean Brigadier, muni d'un mandat, a fait ouvrir le garage de mes voisins. Dans les deux malles: des vieux costumes! Des authentiques. Des reliques en somme, qui servaient de modèles pour les reconstitutions des couturiers «au noir» des Pasznansko et des Waldstein. Pas fameux comme découverte, vous voyez? À moi aussi, il ne reste que vous. C'est la fin de mon petit jeu de cache-cache. À Boston, je suppose qu'on ramassera encore un jeune homme, ou une jeune fille, quelqu'un que vous payez grassement pour aller chercher mes enveloppes. Tant pis. Cette fois, je vous le répète, votre signalement sera donné... Alors? Vous venez me voir? Vous me téléphonez? Sinon, sauvez-vous loin. Soyez une de ces cinq mille personnes disparaissant chaque année dont m'a parlé Maynar Miller. Tout restera dans la nuit : la gamine et la grand-mère empoisonnées, votre «ami si cher», ou cet ami à qui vous devez la vie, cette personne précieuse en danger de mort que votre présence ici pourrait sauver.

Inutile de me répondre. C'est terminé. Je vais continuer d'enquêter. Sans votre aide. Quand vous serez coffrée, vous serez questionnée, tourmentée, malmenée, peut-être.

P.S. : Si vous n'avez absolument rien à voir avec le suicidé Hugo Frund, si vous êtes du bon côté des choses, comme on dit, sortez vite de cette cachette bostonnaise ou autre. C'est un bon conseil à suivre mais... vite !

Ch. A.

XVII

Au fouineur d'Outremont. Ne pas prendre le tireur pour la proie. Éviter de brouiller deux pistes très étrangères l'une de l'autre. Ni gros, ni maigre. L'oubli ou le pardon restent des inconnus. La rancune se camoufle. Sans un fouineur discret, clairvoyant, une mère ne survivra plus bien longtemps. M.

Comme on disait chez moi : vous avez du front tout le tour de la tête, Marlène! Vous me donnez de vos nouvelles ce matin, au beau milieu du Journal de Montréal. Savez-vous que votre signalement est donné partout? Vous m'avez pas cru? À Boston comme à New York, à Ottawa comme à Montréal, toutes les polices recherchent une quadragénaire blonde aux yeux gris. Qui vous ressemble donc comme deux gouttes d'eau. J'ai même fait dessiner pour publication votre portrait-robot. Quand vous l'apercevrez au pare-brise des policiers qui vous captureront, vous verrez que j'ai bonne mémoire même si je ne vous ai vue qu'une heure à peine dans un bar sombre de l'hôtel Méridien à Montréal. Cet appel dans le journal "au fouineur d'Outremont" m'a laissé de glace. Vos paroles, occultées, n'étaient que galimatias et embrouillamini. J'ai rien compris.

Maintenant c'est un gamin, ce midi, qui est venu me porter au 326 votre appel "Au secours". Très habile, décidément. Vous voilà donc installée à Toronto? Bien. Pour combien de jours? Si je prends la peine de vous répondre c'est par une sorte de pitié. Que cela vous blesse ou non, c'est maintenant le seul sentiment que vous m'inspirez. Cette pitié, je l'avoue, est au bord du mépris. Vous m'écrivez : *S.O.S. Ça y est, nos ennemis enfin vont vous apparaître. Surveillez bien. Leur vengeance est sadique.* Assez de casse-tête, de rébus indéchiffrables. Je ne joue plus. Pas avec la vie des gens. Que cette «personne à qui vous devez la vie» se fasse descendre bêtement, on pourra dire que vous vous en fichez, ma foi! Je ne peux pas rester debout, jours et nuits, à guetter dans toutes mes fenêtres. Je ne vais pas faire installer des policiers, la nuit, avec des phares géants pour monter la garde sur les pâtés de maisons environnantes. Que croyez-vous? Je n'ai pas les moyens, ni l'autorité d'ailleurs, de mobiliser un escadron de tireurs d'élite. Nous ne visons pas un vidéo-clip d'horreur, réveillez-vous!

Par pitié, ou je ne sais pour quelle autre obscure raison, je vous fais part tout de même des derniers événements rue Querbes. Au 328, hier, la rousse agent d'immeuble est revenue avec son type. Ce dernier a replanté l'écriteau *Maison à vendre.* Lech Waldstein m'a dit : «Le frère de Lisa, le décorateur, s'est interposé encore et le prix est au-dessus de nos moyens.» Il s'en va! Il a fait venir un camion et ce fut le déménagement en règle. Il a été gentil, il m'a donné une carafe de sa potion insolite et une jolie plaquette éditée avec des illustrations de costumes anciens de divers pays de l'Europe de l'Est. Mais Éthel, l'Olive Noire frisée, ne m'a pas salué. Froide comme une pierre. Je la sentais pourtant au bord d'éclater ces derniers temps. Le courtier en bourse, Maynar, est venu leur faire des adieux. Il m'a dit qu'ils vont aller demeurer dans le chalet de chasse et pêche au Lac Nominingue. L'adjoint Brigadier y est allé avant eux. Rien à signaler. Un chalet tout à fait normal.

Quant à moi, ma pauvre Marlène, je vais rentrer rue St-Hubert et mettre tous mes modestes talents à trouver la raison des empoisonnements des Pasznansko. Le gros Hugo, suicidé, était un immigrant suisse de fraîche date, il a été difficile de fouiller son passé. La S.Q. est en correspondance avec Lauzanne qui fut son dernier lieu de résidence. Jusqu'ici on a appris bien peu de choses. Qu'il était imprimeur, alcoolique, qu'il avait été interné plusieurs fois pour des crises d'éthylisme.

C'est vous dire comment vous me décevez. À ce casier postal, maintenant de Toronto, qu'attendez-vous y trouver? Je ne suis pas James Bond, l'Agent 007, ni Sherlock Holmes, ni un astucieux Maigret ou Hercule Poirot. Ou qui encore de ces increvables détectives imaginaires capables de dénouer les fils d'inextricables complots. Non. Je vais tenter, avec mes humbles moyens, de découvrir qui se cachait derrière un certain Hugo F., pour faire éliminer brutalement de ce monde une pauvre vieille et sa gentille petite fille. Oui, vous me décevez grandement. Avec votre aide franche, ouverte, je serais sans doute plus en mesure de dénouer cette triste affaire.

Tant pis. Après Toronto dans quelle ville irez-vous encore vous terrer pour y louer un casier postal? Ce sera inutile. Je ne vous répondrai plus. Même la pitié a ses limites. Adieu madame Marlène! Gardez vos secrets... Jusqu'à la mort de cette personne que vous prétendez aimer.

Ch. A.

XVIII

Je ne sais pourquoi, je gardais pour moi seul cette adresse à Toronto. Je corresponds donc avec vous pour la dernière fois, vous vous en doutez bien.

Comme moi, vous avez lu les journaux de ce matin. C'est fini. Il est trop tard et je vous en voudrai toute ma vie.

Hier, la maison d'à côté était vide et silencieuse. La nuit il me semblait y entendre grignoter des rongeurs. Écureuils ou souris? Les morceaux de plâtre du Lech-rénovateur sans doute? Je m'étais couché assez tôt. Quand une enquête piétine il m'arrive, sans doute inconsciemment, de recourir au sommeil prolongé en espérant y trouver une clé. Mon assistant Brigadier était venu au 326 passée l'heure du souper. Il jubilait. Il avait reçu un rapport de Lauzanne au sujet de ce Hugo F. Un grand malade qui faisait partie d'un groupe de jeunes fanatiques dangereux «Les Nouveaux Nazis.» Nostalgie fantasmatique (dit le rapport). Une bande de désaxés. Brigadier était tout fier de me montrer la liste complète des membres de ce mini-parti clandestin bien infiltré par la police allemande.

Mon grand «fouet» d'assistant trépignait en me révélant ceci: un leader de ces néo-hitlériens, un certain Otto Reiter, ayant purgé sa peine pour une attaque de banque à main armée, décidait d'immigrer au Québec et s'y cacherait sous un pseudonyme en banlieue de Montréal, du côté de Terrebonne ou Mascouche. «Nous tenons le bon bout du

135

fil» s'exclamait-il. Il m'a montré une photo. «Nous le pince-rons dans les heures qui viennent.» Brigadier était certain que ce Otto Reiter était le commandeur des empoisonne-ments du parc Beaubien.

Vous voyez qu'il n'y a qu'un fou et rien d'une puis-sante organisation universelle.

Donc, j'allais m'endormir malgré les rires et les chants qui me parvenaient du cottage de la rue de l'Épée, lorsqu'on a sonné au 326. J'ai mis ma robe de chambre et suis descendu ouvrir. Imaginez ma surprise! C'était ma Blondi-nette! Cette Lisa que j'avais pourtant, il y a peu de temps, vue, sur un lit d'hôpital, fort mal en point psychologi-quement. Je l'invite à entrer avec empressement. Elle me fait un sourire de commande à travers lequel un désespoir total se dissimule mal. Je suis nerveux. J'ai l'intuition qu'elle vient enfin me confier des choses graves, le fond de votre affaire sans doute. Oui, j'ai pensé à vous immédiatement. Je me disais : est-ce Lisa, cette personne à qui vous devez la vie? Qui est menacée à son insu?

Comme je me trompais, n'est-ce pas? Je venais, comme on dit, de faire entrer le loup dans la bergerie. Je l'invite à venir s'asseoir dans la salle à manger où, au moins, il y a une table et quelques chaises. Je ne veux pas la bousculer. Je lui offre du café. Elle accepte d'une voix à peine audible. Je suis anxieux : qu'a-t-elle à me dire? À me montrer aussi puisqu'elle est venue avec, sous le bras, une large boîte de carton, mal ficelée.

J'ai bien vu, quand je suis allé lui ouvrir, qu'elle avait stationné la Buick jaune dans mon entrée de garage et qu'il y avait une ombre installée au volant. Alors je la questionne : «Vous n'êtes pas venue seule?» Elle me regarde servir le café et marmonne : «Non. Mon frère Sam est venu me chercher à l'hôpital. Il va me conduire chez lui, à l'Île des Soeurs. Je vais beaucoup mieux.» Ainsi Samuel Frank est son gardien et cela me rassure sur le coup. Je comprends du même coup qu'elle n'a pas l'intention de rester long-temps au 326. Lorsqu'elle se décide à boire un peu de café je remarque que sa bouche tremble. Son secret la tourmente? Comment l'aider? Je lui dis à tout hasard: «Madame Pasznansko, j'ai appris que vous étiez en danger et je peux vous aider. Vous faire protéger s'il y a lieu.» Lisa me regarde avec surprise. De nouveau son sourire triste, elle dit: «Je voulais vous acheter ce qui vous reste de dessins de la petite et de sa grand-mère.»

Je m'empresse de réunir ces dessins et je les pose près d'elle en lui disant: «C'est à vous, avec plaisir.»

Puis je vais lui chercher des tartelettes aux fraises achetées à la pâtisserie belge, rue Laurier: «Goûtez un peu, elles sont fameuses.» Elle repousse l'assiette d'un «Merci, je n'ai pas faim.» Alors je plonge de nouveau: «Je vous sens si inquiète, pourquoi donc? Je travaille pour la Sûreté! Vous pouvez tout me dire en toute confiance. Lisa, je suis ici, comme on dit, "en devoir."» Elle me regarde droit dans les yeux: «Il y a pas mal de temps que nous savions tout à votre sujet monsieur Asselin.» Je souris: «Votre ami? L'archiviste, monsieur Maynar Miller, n'est-ce pas?» Elle boit un peu de café et dit: «Non. L'organisation.» Aussitôt je plonge dans cette brèche: «De quelle organisation s'agit-il? Vous pouvez me le dire?» Elle dit à voix basse: «Celle qui veut ne rien oublier, qui est remplie de rancune et qui commande!»

Elle n'ajoutera plus rien! Quand j'insisterai pour en savoir plus long, elle changera de sujet me disant: «Nous ne sommes pas des gens ordinaires, vous savez.» Je dis: «Je ne vois pas! Vous m'avez paru du monde plutôt normal, de gentils voisins.»

Elle se lève et va regarder à la fenêtre de la salle à manger. J'y vais aussi. En arrière, dans le cottage entièrement rénové des Flinsh, la fête bat son plein. Il y a beaucoup de lumières! Des gens sur le balcon d'en bas et sur celui de l'étage. J'imagine qu'on fête cette fois leur installation définitive. On a pu entendre par la porte de la moustiquaire de la cuisine et par la fenêtre entrouverte de ma salle à manger des rires, des cris, et maintenant, un chant inconnu de moi, une sorte d'air d'opéra.

Lisa dit dans un murmure: «Gustave n'a pas pu... Sa mère non plus, elle n'a pas pu... C'est mon tour.» Je lui touche une épaule et elle sursaute comme si elle avait oublié ma présence. Un court frisson la secoue quelques secondes. «Avec moi vous êtes en sécurité, Lisa. Vous le savez j'espère?»

Eh oui, madame-qui-se-cache-à-Toronto, j'ai dit ça dans mon ignorance totale de ce qui allait se dérouler. Ça vous apprendra d'avoir refusé de tout me dire, au début, dans ce bar d'hôtel quand vous m'embauchiez il y a trois semaines déjà.

Pour mieux rassurer ma Polonaise blonde, je lui révèle que nous tenions un filon solide en rapport avec l'empoisonnement de sa petite Alice. Des larmes coulent sur ses joues et elle retourne s'asseoir en face du café tiède. Elle jette de fréquents coups d'oeil vers la fenêtre. Je vais la refermer, imaginant que ceux qui «pendent la crémaillère» la distraient de ce qu'elle veut me confier... et me montrer. Je regarde la boîte de carton posée sur une chaise. Elle se penche et la place sur la table, puis la repousse d'un geste violent comme si ce colis mystérieux contenait des choses désagréables; j'ai vu, ce faisant, une légère grimace sur son visage. C'est bête, j'ai songé qu'elle allait me montrer des albums photos de la fillette et de sa grand-mère. Elle ne cessait plus maintenant de regarder mes petites aquarelles; Alice et son écureuil, Alice Ridée et des fleurs...

Je suis allé ouvrir machinalement ma petite radio sur une tablette de la cuisinette. J'ai revu les lumières, rue de l'Épée, des ombres qui dansaient sur le balcon et dans la cour des Flinsh. J'ai refermé un peu la porte de moustiquaire, cette atmosphère joyeuse pouvait nuire à ma confidente sans cesse au bord des larmes. En revenant dans la salle, j'ai remarqué que Lisa-Blondinette avait défait les cordes de chanvre brun de son colis. Je me suis dit qu'elle allait enfin se confier.

«Maintenant Frank, mon frère, me conseille de vendre le 328 au prix que peut payer notre ami Lech. Je vais accepter. Ils reviendront s'installer. Éthel et lui avaient commencé à rénover, n'est-ce pas?» Je lui dis: «Il travaillait comme un forcené, arrachant le plâtre des murs du matin jusque dans la nuit, à m'empêcher de dormir. Ça cognait là-dedans!» et je tente de rire mais Lisa garde un visage de marbre.

Je dis, histoire de parler pour parler: «Vous avez acheté le 328 quand, au juste?» Lisa se relève et retourne à la fenêtre. Elle dit, avec une voix caverneuse que je reconnais mal: «Quand nous avons su qui avait acheté cette maison en arrière!» Je me lève, tout surpris de cette révélation mais elle marche ensuite vers la fenêtre du salon et en abaisse le store de toile. Elle se retourne, elle me dévisage, avec une figure je dirais de défi, qui m'étonne. Elle articule: «Les Muller étaient là avec leur entrepreneur en rénovation!» Elle retourne à la fenêtre d'en arrière. Je lui dis tout doucement: «Lisa, ce sont des Flinsh qui vont habiter là. Non pas des Muller!» Elle se rasseoit et joue nerveusement avec sa tasse de café; elle marmonne: «Ces gens-là changent de nom, comme on change de chemise!» Enfin, elle me fait un certain sourire. Moins triste.

Je me sers du café de nouveau et lui en offre. Elle refuse avec énergie. Je dis en souriant à mon tour: «Muller ou Flinsh, ils ont l'air bien contents de leur nouvelle demeure.» Alors, Lisa Pasznansko a pris des yeux terribles: «Ils sont contents de nous savoir partis! Ils fêtent l'arrivée de l'Aufsherein!»

C'en est assez, je suis épuisé des énigmes et je lui dis carrément: «Qu'est-ce que vous m'avez apporté dans cette boîte? Je peux le savoir?» Elle allonge le bras et tapote un peu la boîte: «Pas grand chose. C'est tout le passé d'Alice Pasznansko. Elle vous aimait beaucoup. Le saviez-vous?» Au même moment, j'entends malgré la fenêtre fermée qu'on m'appelle par des cris: «Monsieur Asselin? Monsieur Asselin?» Plusieurs voix maintenant scandent mon nom. Je vais vers la porte à moustiquaire de ma cuisine. Les fêtards ont des coupes à la main. Gunther-Noble-Chauve est dans la cour. Me voyant, il s'exclame aussitôt: «Cher voisin! Venez! Venez, monsieur Asselin! Il faut trinquer avec nous!» Je vais m'excuser auprès de Lisa: «On m'appelle pour fêter. Je vais aller m'excuser, ne bougez pas je vous reviens dans un instant.»

Oui! Je suis descendu dans ma cour, hélas, madame Marlène! Je vois Norman et son épouse avec des bouteilles qu'ils agitent avec frénésie. Courts Cheveux vient rejoindre Noble Chauve dans leur cour. Des feux de Bengale maintenant illuminent tout le pâté de maisons. Des enfants, au balcon de l'étage, font partir pétards et fusées d'artifices. «Nous fêtons l'arrivée de grand-maman Gerda, monsieur Asselin!» me dit Cheveux Longs, Norman, il vient m'offrir un gros morceau de forêt noire, fourchette plantée dedans. Je tente de m'excuser. J'explique: «Je vous remercie, mais je ne peux pas. Je ne suis pas seul.» Noble Chauve me dit aussitôt: «Invitez vos amis, c'est la fête de ma femme qui est infirme.» Je fais: «Il y a chez moi une jeune femme malheureuse que je dois réconforter.» Les rires fusent de partout, un autre air d'opéra est entonné à l'intérieur et Norman me dit: «Dites-moi son nom. Je vais l'appeler!» Il titube sur place, s'accroche à la clôture, arrose de champagne mon petit totem de poteau de cèdre coupé en quatre. Soudain une musique d'accordéon se fait entendre. C'est Courts Cheveux au balcon d'en haut. On la force à boire pendant qu'elle joue avec son instrument à bretelles l'air de *Lili Marlene*. Derrière sa clôture, Noble Chauve me donne de petits coups de canne sur l'épaule et de sa voix gutturale insiste: «Traversez! Pouvez-vous enjamber cette clôture? Regardez-moi bien!» Et le voilà essayant de grimper sur la palissade en riant. Il s'immobilise soudain, à demi accroché, la jambe en l'air! Figé! Je vois son visage décomposé et il gueule: «C'est elle?» Je me retourne. «C'est elle?» répète Noble Chauve d'une voix blanche.

Oui, trop tard! En me retournant, j'ai vu ce que voyait le grand-père Flinsh. Sur mon balcon, la petite ampoule éclairait une Lisa Pasznansko transformée, ayant revêtu cette fameuse veste de SS allemand, un énorme revolver dans les mains. Je suis resté pétrifié! Je n'en croyais pas mes yeux. Ma blonde Polonaise a crié: «Alice vous fait dire bonsoir, Madame l'Aufsherein de Ravensbrück.» Elle pointait son arme vers le balcon du haut, où je vis une vieille dame avec un licou. Les rires et les chants avaient cessé net lorsque Lisa avait crié : «Madame l'Aufsherein!» Elle a tiré!

C'est tout. C'est terminé, madame, merci encore pour la confiance.

Cette vieille femme infirme, l'épouse de Noble Chauve, était donc votre maman. Celle à qui vous deviez la vie. J'ai tout compris maintenant. Au parc, c'est de cette Gerda Flinsh que voulait parler Acier Ridé! Cette pauvre Alice empoisonnée. De votre mère, gardienne nazie du camp de Ravensbrück.

Blondinette avait disparu aussitôt le coup parti. Je suis sorti de ma torpeur et me suis évidemment précipité vers la maison. J'ai entendu démarrer la Buick jaune. J'ai téléphoné en catastrophe à la police et chez mon directeur Dubreuil. Brigadier, avec ses hommes, sont allés aussitôt à l'Île des Soeurs. À Nominingue, un certain chalet allait être encerclé.

Vous savez le reste. Une Buick jaune roule peut-être vers la Floride, le golfe du Mexique. Les douaniers ont-ils été alertés à temps? La suite n'a plus d'importance. Vous voilà orpheline de mère, Marlène. Par votre faute, Marlène Muller, alias Flinsh. Et ma jolie Polonaise ira un jour en prison par votre faute.

*　　*　　*

Ce matin, triomphant, l'adjoint Brigadier m'annonce qu'il a fait coffrer, bien menotté, Noble Chauve. Votre papa, n'est-ce pas Marlene Muller-Flinsh? C'est qu'il a réussi à capturer ce néo-nazi embusqué près de Mascouche, le dénommé Otto Reiter. Ce dernier a parlé: le suicidé Hugo Frund prenait ses ordres de votre père! Il devait suivre Alice Pasznansko partout. Il a agi trop vite — un fou

141

dangereux — en empoisonnant les deux Alice au parc Kennedy.

*   *   *

Tout autour d'ici maintenant des policiers de tous les corps constitués s'activent. Une longue limousine de luxe stationne en face du 326. Son chauffeur, tout de pâle vêtu, en sort. Je le reconnais! Je revois donc Maynar Miller au moment où je retournais chez moi, rue St-Hubert. J'étais en train de mettre mes plantes vertes dans le coffre. Il m'a dit: «J'ai lu le journal, c'est bien triste. L'organisation allait dénoncer cette Aufsherein, la Garde maniaque du camp de Ravensbrück. Pas de patience!» Je lui ai serré la main, il m'a paru, pour la première fois, moins enjoué, abattu même. Je lui ai dit: «Ça peut-être effrayant la rancoeur.» Et c'est lui qui m'a corrigé: «Non, la rancoeur ce n'est que de l'amertume mais la rancune est terrible. La rancune, c'est l'espoir de vengeance.» Il a traversé la rue Querbes, trottinant de son petit pas alerte. Je l'ai vu soulever son chapeau beige deux ou trois fois, s'installer au volant et, je l'aurais juré, fuir la rue Querbes à jamais.

Mes condoléances tout de même, madame Marlène Muller. Vous n'étiez pas responsable du passé de votre mère. Vous l'avez mal protégée en me laissant dans l'ignorance de ces faits. Pourtant je comprends aujourd'hui votre discrétion, votre amour et votre honte. J'insère dans mon enveloppe votre clé, celle du 326 Querbes.

FIN

Mars, 1985, Ste-Adèle, Outremont

De Claude Jasmin,
avec le même inspecteur Asselin :

Le crucifié du Sommet-Bleu, Leméac, 1984.
Une duchesse à Ogunquit, Leméac, 1985.
Des cons qui s'adorent, Leméac, 1985.

Lithographié au Canada
sur les presses de
Métropole Litho Inc.

LE 30 MAI 1986
POUR LES ÉDITIONS LEMÉAC INC.